KB266176

내가 최애를
죽이기까지

내가 최애를
죽이기까지

사쿠라이 치히메 장편 소설

김지혜 옮김

하빌리스

내가 최애를 죽이기까지

차례

프롤로그 006

제1장 **광애** 009

제2장 **불온** 089

제3장 **살의** 157

제4장 **죄인** 197

제5장 **계획** 247

제6장 **종언** 277

에필로그 311

프롤로그

　백일홍이 타오르는 듯한 짙은 분홍색 꽃을 피우고, 강렬한 햇살이 꽃을 반짝반짝 빛내며 지상에 열기를 내리꽂는다. 그칠 새 없이 맴맴 우는 매미 소리가 쏟아졌다.

　이런 날은 집에서 10분 거리인 버스 정거장으로 향하는 길이 몇십 킬로미터나 되는 것처럼 느껴진다. 땀을 훔치며 페트병에 든 보리차를 한 모금 마셨다. 그래봤자 큰 도움은 되지 않지만.

　사우나 안에 있는 듯한 여름 공기를 온몸으로 느끼며 이렇게 더웠던 그날의 기억을 떠올렸다.

　과거는 시간의 흐름 속에서 점점 뒤처지다가 이윽고 흐릿한 기억만 남긴다.

버스 정거장에 도착하자 모르는 할머니가 홀로 벤치에 앉아 있었다. 정갈하게 두 손을 무릎 위에 올리고 먼 곳을 바라보고 있다. 시간표를 확인하는 내게 할머니가 말을 걸었다.

"어디서 많이 본 얼굴이네."

무척 온화한데다, 가시 돋친 말도 전혀 아니었지만 뜨끔했다.

나는 크나큰 죄를 짊어진 채 살아가고 있기 때문이다.

"아니에요. 뭔가 착각하신 것 같아요."

그렇게 대답하고 할머니와 거리를 두고 벤치에 앉았다. 그 말을 끝으로 할머니는 말을 더 걸지 않았다.

당시의 나는 미성년자였기에 얼굴 사진은 인터넷에서만 떠돌았다. 하지만 여전히 기억하는 사람도 있을 것이다.

6년 전, 나는 최애를 죽였다.

제1장

———

광애

✦

쇼지 하나코

✦

하루 24시간, 1년 365일 내내라고 하면 과장이지만, 그래도 아마 364일 정도는 생각하고 있을 것이다.

나의 최애, 후지카와 이사미에 대해.

아침에는 이사미의 솔로곡을 스마트폰 알람으로 맞춰 두고 기분 좋게 눈을 뜬다. 세수하고 옷을 갈아입고 아침을 먹은 후 학교에 도착할 때까지 전철 안에서 이사미의 소식을 확인한다. 이때 이사미의 블로그나 SNS가 업데이트되어 있으면 팔짝 뛰어오를 만큼 기쁘다.

인스타그램에 올라오는 이사미의 게시물은 소속된 그룹 '백 투 더 나우' 멤버들과 사이좋게 찍은 사진이나, 드라마 혹은 영화를 같이 촬영 중인 배우들과 찍은 사진이 많다. 어떤 사진에서든 똘똘한 허스키가 웃는 듯한 이사미의 미소는 사랑스럽다.

수업 시간에 선생님이 본론과 상관없는 이야기를 늘어놓기 시작해서 지루해지면 노트 한구석에 이사미를 그리는 게 어느새 습관이 됐다. 미술 성적은 중간이지만 매일 이렇게 끄적인 덕분에 이사미만큼은 이상하리만치 잘 그릴 수 있다. 또렷하고 굵은 눈썹, 시원스러운 눈매, 오뚝한 콧날과 상큼한 미소를 띤 입술. 진짜에는 못 미치지만, 나는 이제 사진을 보지 않고도 이사미의 얼굴을 노트 위에 제법 정밀하게 재현할 수 있다.

점심시간에는 매점에서 산 빵을 먹고, 남은 시간은 소위 말하는 '덕질'에 쏟아붓는다. 무선 이어폰을 귀에 꽂고 '백 투 더 나우'의 뮤직비디오를 보고 있으면 내가 있는 곳이 고등학교 교실이 아니라 콘서트홀의 객석처럼 느껴진다. 이사미를 향한 이 마음은 틀림없이 사랑이다. 이 사실을 실감하면 나 자신이 조금은 사랑스럽고 자랑스럽게 느껴지기도 한다.

내세울 것 하나 없는 나지만 온몸과 마음을 다해 이사

미를 사랑하고 있다.

"그거 백 나우 맞지?"

뮤직비디오에 집중하느라 누가 말을 걸었다는 사실을 바로 알아차리지 못했다. 스마트폰 화면이 그림자에 가려 반쯤 어두워져서 고개를 들어보니 입학 후 한 번도 대화해 본 적이 없는 같은 반 여학생이 서 있었다.

무시할 수도 없으니 제대로 대답은 해야 한다. 나는 급하게 귀에서 이어폰을 뽑았다.

"요즘 잘나가잖아. 친구 중에도 좋아하는 애들 많거든."

처음 대화하는 나에게 마치 십 년 지기 친구처럼 굴어서 당황스럽다. 이 애는 반에서도 서열이 가장 높은 무리에 속한다. 긴 머리카락은 교칙을 어기지 않는 아슬아슬한 선에서 갈색으로 물들였고 연하게 화장도 한 데에다가 치마도 짧다. 그리고 남녀를 가리지 않고 누구에게나 스스럼없이 말을 거는 유형이다.

나는 이런 사람을 무척 어려워한다.

"쇼지는 백 나우 중에서 누구 팬이야?"

화장품으로 치장한 큰 눈을 동그랗게 뜬 동급생이 내 얼굴을 들여다본다. 갑자기 긴장되어 대답할 말을 찾는 데에 시간이 걸렸다.

"……이사미."

겨우 대답을 내뱉자 다행히도 그 애가 웃는 얼굴로 흔쾌히 받아주었다.

"이사미를 좋아하는구나. 하긴 이사미도 잘생겼지. 동양적인 미남 타입이잖아. 껄렁껄렁하지도 않고 기품이 있어서 꼭 무사 같다고 해야 하나?"

맞아, 바로 그거야. 이사미는 진짜 멋있어. 노래 연습도 춤 연습도 다른 멤버들보다 훨씬 열심히 쓰러질 때까지 하고, 백 나우가 잘되기 전부터 멤버들을 지탱해 온 정말 다정한 사람이야.

그렇게 말할 수 있으면 참 좋겠지만, 내 입술은 여전히 꾹 닫혀 있었다. 타인과의 소통이 극도로 서툰 나는 좋아하는 사람에 관한 이야기조차 제대로 나누지 못한다.

"나는 다이가가 좋더라."

눈앞의 그 애는 금방이라도 콧노래를 흥얼댈 것만 같

은 목소리로 말했다.

"다이가가 진짜 멋있잖아. 키도 크고 팔다리도 길고 늘씬하고. 쇼지한테는 미안하지만 다른 네 명이랑 차원이 다르다니까. 역시 제일 인기가 많은 멤버는 특출나다고 해야 하나? 이사미나 다른 애들도 멋있기는 한데, 그 정도 얼굴은 시내에서도 볼 수 있는 수준 아니야?"

찬성도 반박도 할 수 없어서 어정쩡한 각도로 고개를 움직였다. 불쾌하게 배어 나온 땀방울이 슬금슬금 심장을 적셨다.

백 나우에서 제일 인기가 많은 다이가에 비하면 두 번째로 인기가 많은 이사미는 외모가 조금 부족해 보일 수도 있다. 하지만 이사미의 장점은 외모가 아니다. 이사미는 성실하고 자기관리가 철저하며 노래와 춤 실력이 뛰어날 뿐만이 아니라 최근에는 배우로도 활동하고 있다. 초기에는 연기 실력이 많이 모자랐지만, 정말 열심히 연습하며 성장하고 있다.

물론 다이가도 잘생겼고 노래도 춤도 뛰어난 데에다 배우로도 활동하고 있지만, 다이가는 특별히 노력하지 않아도 뭐든 잘 해내는 타입이다. 하지만 이사미는 그런 천재형이 아니라 노력해서 자신을 갈고닦는 유형의 사람이다.

눈앞의 여자애에게 그런 점이 멋있다고 말할 수 있으면 좋을 텐데.

"미안, 기분 나빴겠다."

내 침묵을 화가 났다는 의미로 받아들였는지, 그 애가 짧은 치마를 휘날리며 제자리로 돌아갔다. 그 주변에는 그 애처럼 빛나는 청춘을 즐기는 여자애들이 모여 있었다. 남자 친구가 어쩌니저쩌니 크게 떠들어 대서 나한테까지 목소리가 들렸다.

내가 다니는 이 고등학교는 꽤 공부를 열심히 해야 입학할 수 있고 수업 수준도 높지만, 교풍이 자유로워서 입학 지원자가 많다고 한다.

점심시간에는 다른 사람에게 피해만 주지 않으면 스마트폰도 자유롭게 쓸 수 있다 보니 복도에서 댄스 영상을 찍어서 틱톡에 올리는 여자애들도 있다. 중정中庭에서는 남자애들이 축구에 열을 올린다. 누가 누구랑 사귄다는 소문이 도는 남녀 혼성 무리는 교실 앞쪽에 뭉쳐 있다. 그 옆에서는 만화 연구회에 가입한 여자애들이 요즘 유행하는 애니메이션을 주제로 떠들고 있다.

나는 어느 무리에도 속하지 못한다.

말을 거는 사람이 없으면 점심시간 내내 이사미의 영상을 볼 수 있어서 좋지만, 입학하고 3주가 지나도록 친구가 없는 것은 다른 애들 눈에 조금 이상하게 보일 수도 있다. 하지만 딱히 처음 있는 일도 아니다. 초등학교 때도, 중학교 때도 늘 이랬고 특별히 괴롭힘을 당하는 것도 아니라 반에서 겉돌아도 특별히 신경을 쓰지 않는다.

내가 다른 사람과의 대화를 어려워하게 된 것은 하나코波茉子라는 이름 탓이다. 엄마의 말에 따르면 인생의 거친 파도波에 지지 말라는 마음을 담고자 이름에 파도를 의미하는 한자를 넣었다고 한다. 이왕이면 마나미真波나 미나미美波처럼 더 예쁜 이름을 지어줬으면 좋았을 텐데. 하나코는 최악의 선택이었다. 아이들은 입장에서는 학교 괴담으로 유명한 화장실 귀신 하나코(일본 학교 괴담 속 여자아이 귀신. 늦은 오후, 아무도 없는 화장실 한가운데에서 열세 번 돌고 난 뒤, 세 번째 칸을 두드리며 "하나코, 있니?"라고 물으면 "네" 하고 대답이 돌아온다고 한다-옮긴이 주)가 가장 먼저 떠오르기 때문이다.

실제로 초등학교 1학년 때 반에 화장실 귀신 하나코 괴담이 퍼졌고, 나는 괴담 속 귀신과 이름이 같은 탓에 실컷 놀림을 당했다.

"하나코는 귀신이래요."

이렇게 놀리기도 하고, 화장실 귀신 하나코가 나온다는 소문이 있는 화장실 세 번째 칸에 나를 가두고 같은 반 여자애들이 번갈아 문을 두드리기도 했다. 당연히 내 역할은 이름이 같은 화장실 귀신 하나코였다. 그때 들었던 여자애들의 킥킥대는 얄미운 웃음소리가 지금도 고막에 들러붙어 떨어지지 않는다.

작게 소리 내어 한숨을 쉬고 의자 등받이에 등을 기댄 채 교실을 둘러보니, 나처럼 혼자 앉아 있는 남자애가 눈에 들어왔다.

긴 앞머리로 눈을 가린 저 애는 이름이 뭐였지?

저 애도 다른 애들과 떠드는 모습을 본 적이 없다. 중정에서 축구를 하는 남자애들과도, 게임 얘기로 들뜬 남자애들과도, 작은 소리로 음담패설을 하는(본인들은 모르는 모양이지만 전부 들린다) 남자애들과도 결코 섞이려 하지 않는 저 애.

어쩌면 저 애랑 나는 같은 외톨이라 마음이 잘 맞을지도 모른다.

그런 생각을 했다가 바로 고개를 저었다. 상대는 남자애다. 마음이 맞을 리가 없다. 애초에 초등학교 1학년 때 나를 귀신이라고 놀린 건 여자애들뿐만이 아니라 남자애들도 마찬가지였다. 그래서 나는 여자보다 남자가 더 무섭다. 이사미를 제외한 남자는 전부 다 맹수로 보인다.

그런 생각을 하다 보니 점심시간 종료를 알리는 수업 예비종이 울렸다. 나는 한참 전에 멈춘 뮤직비디오 화면을 보고 허비한 시간을 진심으로 후회했다.

내가 살아 있는 동안은 1초라도 더 이사미를 위해 시간을 쓰고 싶다. 그것이 내 사랑이기 때문이다.

학교에서 집까지 전철로 40분. 조금 멀지만 그 시간동안 줄곧 이어폰을 꽂고 이사미의 뮤직비디오나 웹드라마를 보기 때문에 지루하지 않다. 내릴 때 영상이 어중간하게 끝나면 혀를 차고 싶어지기는 하지만.

역에서 나와 10분 정도 걸어가면 내가 사는 집이 나온다. 고급 주택가에 자리 잡은, 건축가인 아빠와 인테리어 코디네이터인 엄마의 취향이 담긴 집은 호화롭다고 할 정도는 아니지만 제법 세련된 단독주택이다.

아빠와 엄마는 항상 바쁘다. 특히 엄마는 자기 가게를 운영하는 데에다 가구를 매입하러 해외까지 가기 때문에 출장이 잦다. 그러다 보니 나는 외동딸이지만 부모님의 간섭 없이 자랐고, 초등학교 고학년 무렵부터 바쁜 부모님을 대신해서 집안일을 도맡아 했다.

"다녀왔습니다."

아무도 맞아주지 않는 현관에서 혼잣말을 중얼거리고 양말을 신은 발을 슬리퍼에 밀어 넣었다. 부엌에서 나만을 위한 홍차를 우렸다. 엄마가 엄청나게 비싸다고 자랑했던 찻주전자에 찻잎을 넣고 뜨거운 물을 부으니 부엌에 얼그레이 향이 은은하게 퍼졌다. 찻잔에 호박색 액체를 따르고 천천히 음미했다. 반쯤 열린 커튼 사이로 정원에 핀 분홍색 철쭉꽃이 보였다. 이 꽃이 피면 봄도 끝 무렵이다. 다음 주부터는 햇살이 점차 여름에 가까워질 것이다.

스마트폰을 꺼내서 확인하니 아빠한테서 메시지가 와 있었다. '오늘은 8시쯤에 들어갈 것 같아'라는 짧은 문장을 보고 내심 환호했다. 백 나우의 온라인 스트리밍은 저녁 9시부터 시작한다. 8시까지 숙제와 할 일을 끝내면 마음 놓고 볼 수 있다.

전철에서 보다가 만 이사미의 웹드라마를 끝까지 보고 싶은 마음을 꾹 참고 내게 주어진 일들을 해치웠다. 널려 있는 빨래를 접고 손수건과 아빠가 입을 와이셔츠를 다렸다. 욕실과 화장실도 청소했다. 여기서 기운이 다 할 뻔했지만, 숙제까지 끝냈다. 오늘은 영어, 수학에 고전 문학 숙제까지 있는 우울한 날이지만, 한 시간에 걸쳐 겨우 끝낸 다음 내 방에서 느긋하게 이사미를 만끽했다.

드라마는 요즘 한창 잘나가는 여자 배우가 주인공이고 이사미가 그 상대역으로 출연하는 로맨스물이다. 이사미는 어쩜 이렇게 연기를 잘할까. 보면 볼수록 드라마

속에 빠져들어 마치 내가 여주인공이 된 듯한 기분이 들었다. 이사미가 여주인공에게 건네는 좋아한다는 고백이 나를 향한 사랑 고백 같아서 심장이 두근대며 반응했다.

점심시간에 말을 걸었던 그 애는 다이가가 더 멋있다고 했다. 실제로 이사미와 다이가가 나란히 서 있으면 열에 아홉은 다이가가 더 멋있다고 말할 것이다. 하지만 이사미의 장점은 외모가 아니다. 성실하고 자기관리가 철저한 이 시대의 사무라이. 그게 바로 후지카와 이사미라는 남자다. 백 나우의 리더인 유키의 말에 따르면 퍼포먼스에 관해서도 이사미는 누구보다 성실하고 연습도 열심이라고 한다. 그런 사람이라면 응원할 수밖에 없다.

내 성격이 음침하지 않고 낯을 가리지 않았다면 그 애한테도 이사미의 이런 장점들을 알려줄 수 있었을 텐데.

드라마가 끝나고 시계를 확인하자 벌써 7시 반이었다. 서둘러 스마트폰을 충전기에 꽂고 1층으로 내려가 엄마의 앞치마를 두르고 저녁 식사를 준비했다. 오늘의 메뉴는 달걀과 돼지고기, 대파를 넣은 볶음밥, 매실 절임과 고추냉이로 무친 오이, 그리고 중화풍 수프다. 중화요리 냄새가 부엌에 퍼질 무렵 아빠가 집에 돌아왔다.

엄마는 해외 출장 중이라 아빠와 단둘이 저녁밥을 먹었다.

"하나코는 좋은 신부가 되겠어."

내가 만든 요리를 먹으며 눈을 가늘게 뜬 아빠가 말했다.

50세가 된 아빠는 남자치고는 왜소한 몸에 휑하게 드러난 이마 때문에 제법 늙어 보였다. 숱이 줄어든 머리는 흰머리가 늘었고 눈썹도 희끗했다.

"그렇지도 않아."

"아니야. 짧은 시간에 이렇게나 훌륭한 요리를 만들 수 있잖아. 분명히 결혼도 잘할 거야. 남자는 엄마처럼 남편보다 돈을 더 잘 버는 여자보다 집안일을 잘하는 여자를 더 좋아하는 법이거든."

에둘러 엄마를 비난하는 말처럼 들렸다. 물론 나하고는 상관없다. 아빠와 엄마의 첫 만남이 어땠는지는 모르지만, 결혼한 지 20년쯤 되면 권태기는 진작에 지나 서로의 존재가 공기처럼 느껴질 법도 하다. 거기에는 사랑

따위 존재하지 않고, 이제 남은 것은 부부이자 가족이 된 상대에 대한 의무감뿐이다.

"하나코는 좋아하는 사람 없어?"

사춘기 딸을 어떻게 대해야 할지 몰라 마치 야생동물을 다루듯이 나를 대하는 아빠가 오늘은 웬일로 과감한 대화를 시도했다.

"딱히 없어."

내게는 이사미가 있지만 아빠가 말하는 '좋아하는 사람'은 그런 뜻이 아니라는 것쯤은 알 수 있다.

"초등학교나 중학교 때는 어땠어?"

"없었어."

"그렇구나. 하나코는 순진하네. 아빠의 첫사랑은 유치원 선생님이었는데."

유치원생 남자애라면 흔히 있는 일이다. 나는 유치원 때 기억이 거의 없다. 그때는 친구가 몇 명 있었지만, 고등학생이 된 지금은 모두 연락이 끊겼고 이름조차 기억나지 않는다. 집에서 조금 먼 고등학교에 진학했기 때문에 통학 중에 만날 일도 없다.

“그래도 아빠는 하나코가 순진한 편이 마음이 놓여. 너무 순진하면 그것도 문제지만. 하나코 정도 나이면 조금 순진한 게 보통이지.”

“잘 먹었습니다.”

아빠와의 시간이 어색해서 식사를 빨리 마치고 자리에서 일어났다. 나와 더 대화하고 싶은 눈치인 아빠를 보니 마음이 조금 불편했지만, 지금은 이사미가 더 중요했다.

“요리는 내가 했으니까 설거지는 아빠가 해.”

그 말만 남기고 부엌을 나와 서둘러 내 방에 들어갔다.

온라인 스트리밍이 시작하기 전까지 남은 시간에는 아까 본 웹드라마를 복습했다. 작은 스마트폰 화면 너머의 이사미가 보석처럼 반짝였다. 평생 손에 넣을 수 없는, 멀리서 바라만 보아야 하는 보석. 그래도 응원하고 사랑할 수 있어서 행복하다.

이사미는 내게 신과 같은 존재다.

온라인 스트리밍은 9시부터 시작했다. 지금부터 한 시간 동안 전국의 백 나우 팬들이 스마트폰 화면에 푹 빠져든다. 본업인 음악 활동에 더해 드라마, 영화, 방송 MC,

라디오 DJ, 모델. 각자 연예계에서 활약 중인 백 나우 멤버들이지만, 금요일 9시에 하는 온라인 스트리밍만큼은 스케줄을 조절해서 한자리에 모인다. 팬들에게는 기쁜 팬 서비스다.

"이사미랑 히로히토는 진짜 사이가 좋네. 차라리 그냥 사귀어."

다이가가 씩 웃으면서 말하자 댓글이 많이 달렸다.

'이사미랑 히로히토 너무 잘 어울려!'

'이사히로인가 히로이사인가.'

'나는 무조건 이사히로!'

'아니야. 히로이사지.'

나는 SNS로 이사미의 정보만 확인하고 게시물은 올리지 않는다. 당연히 온라인 스트리밍에도 댓글을 달지않지만, 팬들 가운데는 사이가 좋은 이사미와 혼다 히로히토의 BL(Boy's Love의 약자, 남성 간의 동성애를 소재로 한 콘텐츠 장르-옮긴이 주)을 좋아하는 사람들도 많다. 서늘한 동양풍 꽃미남인 이사미와 여장을 하면 여자보다 예쁜 히로히토는 내가 보기에도 잘 어울린다.

“무슨 소리야. 우리 그런 사이 아니라니까.”

곧장 반박하는 이사미 곁에서 히로히토가 생글생글 온화한 미소를 짓는다. 곧바로 댓글이 우르르 달렸다.

‘부끄러워하는 이사미 귀여워! 역시 히로히토를 엄청나게 좋아하는구나~.’

‘이사히로여, 영원하라!’

‘이사히로 덕분에 10년은 밥 안 먹어도 배부를 듯!’

이사미가 진지하게 히로히토와의 관계를 정정하자 그렇게 발끈하는 쪽이 오히려 수상하다고 오니야마 후지가 지적했고, 다이가는 배를 잡고 깔깔 웃었다. 멤버 중 가장 나이가 많은 유키가 상황을 수습하며 자연스럽게 다음 화제로 넘어갔다.

이렇게 다른 팬들의 반응을 보면서 이사미와 다른 백나우 멤버들을 볼 수 있는 금요일 밤은 특별한 시간이다.

스트리밍이 끝나고 아쉬운 마음으로 목욕을 했다. 욕실에서 나오자, 아빠가 거실에서 텔레비전을 보면서 혼자 위스키 잔을 기울이고 있었다. 목욕을 마치고 나온 나를 보고, 아빠가 물었다.

"하나코, 엄마한테서 연락 없어?"

"없어."

"그렇구나."

그게 대화의 전부였다. 거실에 홀로 앉은 아빠가 무척 쓸쓸해 보였지만, 말주변이 없는 나는 이럴 때 무슨 말을 건네야 하는지 모른다. 가족은 세상에서 가장 소중한 인간관계지만 나는 엄마 몫까지 다정하게 챙겨주는 아빠와도, 반대로 가끔 집에 돌아와 잔소리만 늘어놓는 엄마와도 잘 지내지 못한다.

아직 아르바이트도 안 해 봤고 이렇다 할 장래 희망도 없지만, 나는 틀림없이 별 볼 일 없는 어른이 될 것이다. 아빠는 내 요리 실력을 칭찬하며 좋은 신부가 될 거라는 무책임한 말을 했지만, 나와 평생을 함께하고 싶다는 사람은 나타나지 않을 것이다.

이사미가 내 신랑이 되어 준다면 이야기가 달라지겠지만.

그런 말도 안 되는 망상을 하며 침대에 누웠다. 잠들기 전까지 백 나우의 노래를 듣는다.

오늘 밤 꿈에서 이사미를 만나게 해 주세요.

그렇게 생각하는 사이, 내 의식은 서서히 가라앉아 이내 호수처럼 잔잔한 잠결 속에 온몸이 잠겨 들었다.

아무도 없는 교실 안, 나는 교복을 입고 있었다. 남색 재킷에 초록색 체크가 들어간 치마, 같은 원단으로 만든 리본. 치마 길이는 교칙대로 다른 여자애들보다 훨씬 긴, 평소 내가 입는 교복 치마와 같은 길이였다.

소위 말하는 자각몽이라 꿈을 꾸면서도 이것이 꿈이라는 것을 분명히 알고 있었다. 꿈이라면 나는 자유다. 만약 여기서 이사미를 만나고 싶다고 생각하면 만날 수 있을지도 모른다.

그 사실을 깨닫고 나는 간절히 기도했다. 이사미를 만나고 싶어. 이사미를 만나고 싶어. 제발 여기에 이사미가 나타나게 해 줘.

그러자 교실 뒤쪽 문이 덜컹하고 열리는 소리가 났다.

이사미일 줄 알았는데 그곳에는 다른 남자아이가 서 있었다. 긴 앞머리로 눈을 가린, 입학 후 반의 다른 아이들과 이야기하는 것을 본 적이 없는 그 남자애였다.

그 애가 내게 다가왔다. 얇은 입술이 움직였다.

"이사미에 대해서 더 알고 싶지 않아?"

무슨 뜻인지 알 수 없었다.

그 애는 내가 이사미를 좋아한다는 사실을 알 리도 없는 데에다가 내게 말을 거는 상황도 이해가 되지 않았다. 아무리 꿈이라지만 전혀 앞뒤가 맞지 않았다.

대답에 망설이는 사이, 그 애는 입술에 희미한 웃음을 띠며 말을 이었다.

"알고 싶다면 내가 도와줄게."

눈을 떴을 때는 아침 햇살이 커튼 틈으로 방 안 가득 찬란하게 쏟아지고 있었다. 아직 잠기운이 남아 약간 무거운 몸을 쭉 펴면서 일어나 스마트폰을 확인했다. 알람이 울리지 않은 것은 오늘이 토요일이라 알람을 설정해 두지 않았기 때문이다. 그렇다고 이렇게 일찍 일어날 생각은 없었는데. 이상한 꿈 때문에 괜히 일찍 깨버리고 말았다.

주말 아침엔 보통 더 게으름을 피운다. 일어나서도 한동안 스마트폰을 만지작거리며 이사미의 정보를 확인하는 것이 일상이다. 하지만 오늘은 이상한 꿈 때문에 도무지 그럴 기분이 나지 않았고, 무엇보다 배가 고팠다. 목도 이상할 만큼 말랐다.

계단을 내려가 부엌으로 가니 거기에 있던 엄마가 나를 알아차리고 뒤돌아보았다. 미용에 무척 신경을 쓰는 것으로 아는데, 그런 노력으로도 숨길 수 없을 만큼 눈 밑에 생긴 다크서클이 선명하고 짙었다.

"일찍 일어났네."

"엄마야말로. 월요일에 오는 거 아니었어?"

"일정이 좀 틀어졌어. 방금 돌아왔는데 바로 또 나가야 해. 가게에 가봐야 하거든."

아오야마에 있는 엄마의 가게는 초등학생 때 몇 번 가 본 적이 있다. 넓은 가게 안에는 전 세계 곳곳에서 사 온

가구와 인테리어 소품들이 빈틈없이 놓여 있어 그곳만 일본이 아닌 다른 공간처럼 보였다. 동화 속 세계처럼 멋진 그곳에는 엄마가 조향한 아로마의 좋은 향기가 맴돌았다.

언제부터 그 장소에 가지 않게 되었을까. 아무리 엄마의 딸이라고 해도 나는 그런 꿈같은 장소에 어울리지 않는다는 사실을 깨달아 버린 것은 언제였을까.

"너, 공부는 제대로 하고 있지? 학력 평가 시험 성적 엉망이었잖아."

엄마는 선 채로 머그잔을 한 손에 들고 우유를 마시며 가차 없이 잔소리를 퍼부었다.

내가 다니는 고등학교는 입학하고 일주일 후에 학력 평가 시험이 있다. 중학교 때 공부를 얼마나 잘했는지 확인하기 위한 시험이다. 내 성적은 반 39명 중 25등. 학교 전체의 수준을 생각하면 그렇게 나쁘지 않지만, 엄마는 불만스러운 모양이었다.

"곧 중간고사잖아. 스마트폰만 보지 말고, 제대로 공부해."

공부는 하고 있다. 숙제도 시험공부도 그럭저럭 열심히 하고 있고. 나도 이사미 생각만 하면서 살 수 있다고 생각할 만큼 바보는 아니다.

그렇게 되받아칠 용기를 낼 틈도 주지 않고 엄마는 황급히 부엌을 나섰다.

"빨래랑 청소는 네가 해 줘. 아빠한테 맡기면 대충해서 안 돼."

내던지듯이 말한 엄마는 옷차림을 가다듬고 서둘러 집을 뛰쳐나갔다. 현관이 쾅, 하고 닫히는 거친 소리가 집 전체에 울려 퍼졌다.

내가 초등학교 4학년 무렵부터 엄마는 늘 이런 식이었다. 공부나 생활 태도 등에 대해 자기가 하고 싶은 말만 하고 내 말은 들으려 하지 않는 데에다 아직 초등학생이었던 나를 무급 가정부처럼 부려 먹고 집안일을 떠넘겼다. 솔직히 부모라면 이래서는 안 된다고 생각한다. 다른 집과 비교해 본 적이 없어서 잘 모르겠지만, 엄마는 딸인 내게 무척 차갑다. 그렇다고 아빠에게 애정을 표현하는 것도 아니다. 나나 아빠를 가족이라기보다는 '같이 살고 집안일을 해 주는 편리한 사람'으로 취급하는 것 같다.

그런 탓인지 나는 사춘기를 전혀 겪지 않은 채 고등학생이 되어 버렸다.

엄마가 떠나고 아직 아빠도 일어나지 않은 터라 부엌에서 혼자 먹을 아침 식사를 만들었다. 통밀 식빵을 굽고 꿀과 사과잼을 반씩 발랐다. 프라이팬에 베이컨을 올리고 달걀을 깨뜨려 베이컨 달걀 프라이를 만들었다. 어젯밤 남은 잘게 썬 매실장아찌와 고추냉이로 무친 오이를 샐러드 대신 곁들였다.

제대로 된 아침밥인데도 모래를 씹는 느낌이다. 먹으면서 어젯밤의 이상한 꿈이 문득 머릿속에 떠올랐다.

"이사미에 대해서 더 알고 싶지 않아?"

"알고 싶다면 내가 도와줄게."

월요일에 등교하자마자 반장에게 꾸중을 들었다.

"쇼지, 오늘 당번이잖아. 당번이 할 일은 제대로 해 줘."

우리 엄마와 조금 분위기가 비슷한, 어른이 되면 잘나가는 커리어 우먼이 될 것 같은 깐깐한 느낌의 그 아이

앞에서 아무 변명도 할 수 없었다. 내가 오늘 당번이라는 걸 잊고 있었던 것은 사실이니까.

미안하다고 반장에게 사과하고 칠판 끝을 보니 '쇼지' 옆에 '쓰키미야月宮'라고 쓰여 있었다. 쓰키미야로 보이는 남자아이가 교탁에 장식된 꽃을 정리하고 있었다. 덥수룩한 긴 앞머리가 눈을 덮고 있어서 그 얼굴은 잘 보이지 않았다. 입학 이래 누구와도 말을 섞지 않던 그 애. 금요일 밤, 내 꿈에 나왔던 그 애.

아아, 저 애가 쓰키미야구나. 달의 궁전이라니, 예쁜 성이라 부럽다.

당번이 할 일은 사실 딱히 없다. 수업 시작과 끝에 하는 인사 구령과 쉬는 시간에 칠판을 지우고 분필을 보충하는 일이 전부다. 나와 쓰키미야는 하루 종일 덤덤하게 그 일들을 해냈다. 유일한 예외는 6교시에 세계사 선생님이 사회과 준비실로 짐을 옮겨야 하니 방과 후에 둘이 교무실로 와서 도와달라고 부탁하신 일이었다. 나를 꾸짖었던 반장은 위원회 일이 있어서 당번인 나와 쓰키미야가 일을 맡게 됐다.

교무실에서 큰 종이상자 두 개를 받아 들고 사회과 준비실로 향했다. 방과 후의 학교는 사춘기 남녀가 발산하는 자유로운 에너지로 눈이 부시지만, 사회과 준비실을 비롯한 특별 교실들이 늘어선 이 구역에는 정적이 감돌았다. 사회과 준비실 책상 위에 종이상자를 놓고 이제 집으로 가는 전철 안에서 이사미를 덕질할 생각으로 들떠 있는 내게 쓰키미야가 말을 건넸다.

"쇼지는 백 나우를 좋아해?"

긴 앞머리 때문에 눈은 잘 보이지 않았지만, 초점이 내게 맞춰져 있다는 것은 알 수 있었다. 내가 백 나우를 좋아하는 것을 어떻게 알고 있지?

"그걸 어떻게 알아?"

나도 모르게 목소리가 떨렸다. 안 그래도 나는 사람과 이야기하는 일에 익숙하지 않다. 상대가 남자라면 더욱더 몸이 움츠러든다.

"금요일 점심시간에 사토랑 이야기하는 게 들렸거든."

"아……."

그제야 이해가 갔다. 그때의 대화가 다 들렸구나. 그때 내게 말을 걸었던 교내 서열 상위권인 여자애 이름은 사토였구나. 같은 반이고 그렇게 눈에 띄는데도 나는 그 애의 이름조차 몰랐다.

쓰키미야는 계속 말을 걸어왔다.

"백 나우 중에서 누가 좋아?"

"……이사미."

잠깐의 정적이 흐른 후에 내가 대답했다. 말하면서도 두근거렸다. 쓰키미야도 사토처럼 다이가가 더 좋다고 말할까 봐 떨렸다.

"이사미를 좋아하는구나. 나도 그래."

예상과 달리 쓰키미야는 그렇게 말하며 입가에 웃음을 띠었다.

나는 깜짝 놀랐다. 남자 백 나우 팬이 있구나. 게다가 이사미가 최애라니.

"이사미는 멋있잖아. 사무라이나 무사 같은 느낌이 들어. 누구보다 춤 연습을 열심히 하는 데에다 뭐든 스스로 배우려고 노력하잖아."

맞아. 그거야. 이사미는 멋있어. 나도 이사미의 그런 점이 좋아. 그렇게 맞장구치고 싶은데 말이 제대로 나오지 않았다.

"멋있지, 그런 점."

아, 겨우 말했다. 정말 싫다, 내 이런 점. 모처럼 좋아하는 사람을 똑같이 좋아해 주는 상대를 만났는데 제대로 대화도 못 나누다니.

그런 생각을 하고 있을 때, 쓰키미야가 내게 몸을 살짝 기울이며 말했다.

"이사미에 대해서 더 알고 싶지 않아?"

꿈과 완전히 똑같은 대사였다.

순간, 현실이 멀어졌다. 눈앞의 쓰키미야가 꿈속에 나타났던 쓰키미야와 겹쳤다. 도대체 어떻게 된 일인지, 내가 어디에 있는지 짐작조차 가지 않았다.

쓰키미야가 계속 말했다.

"알고 싶다면 내가 도와줄게."

그렇게 말하고 웃었다.

드디어 생각이 현실을 따라잡았다.

아무래도 나는 예지몽을 꾼 모양이었다.

✦

쓰키미야 요후네

✦

　사회과 준비실을 나와서 그대로 쇼지와 함께 교문을 나섰다.

　한참 전에 꽃잎이 진 벚나무는 다가오는 골든 위크(4월 말에서 5월 초에 걸친 일본의 황금연휴-옮긴이 주)를 맞아 황금빛 햇살 아래에서 짙푸른 잎사귀를 드러내고 있었다.

　고등학교라는 장소는 남녀가 함께 걷는 것에 유난히 엄격하다. 사회과 준비실을 나선 후 교문을 빠져나올 때까지 세 사람과 눈이 마주쳤다. 모두 나와 쇼지의 조합을 보고 흠칫 놀란 표정을 지었다. 어렴풋이 얼굴만 아는 사람도, 전혀 모르는 사람도 나와 쇼지의 조합을 세상의 이치를 깨트리는 일처럼 여기는 듯했다.

· 내가 최애를 죽이기까지 ·

교문을 나서고 얼마 지나지 않아 다나 역으로 향하는 가로수 길이 나왔다. 줄지어 선 은행나무 사이로 봄바람이 스쳐 갔다. 우리 학교 교복을 입은 학생은 많았지만, 아까와 비교하면 그 수는 적었다. 이쯤에서 말을 걸어야 하는데, 라고 생각은 했지만 쉽사리 입이 떨어지지 않았다.

다른 사람과 함께 하교하는 것은 초등학교 1학년이나 2학년 때가 마지막이었다. 초등학교 3, 4학년 무렵부터 극단적으로 사람과의 관계를 피해 온 나로서는 아무리 눈앞에 있는 상대가 쇼지라고 해도 어떻게 말을 걸어야 할지 알 수가 없었다.

아무 말 없이 구두가 조금씩 다른 리듬으로 겹치는 시간이 이어졌다. 이윽고 쇼지가 입을 열었다.

"도와준다고 했는데, 뭘 해 준다는 거야?"

쇼지의 목소리는 딱딱했지만, 그 속에는 뜨거운 열기가 감돌고 있었다. 아무래도 나의 한마디가 쇼지의 마음을 제대로 사로잡은 모양이다. 마음이 놓였다.

"그건 제대로 생각해 뒀어. 나, 컴퓨터를 잘 다루거든. SNS 게시물을 구석구석까지 확인하면 이사미가 있는 장소를 알아낼 수 있어. 운이 좋으면 만날 수도 있을 거야."

"만날 수 있다고?"

흥분했는지 쇼지의 목소리가 살짝 갈라졌다. 옆모습으로 보이는 뺨도 은은한 분홍빛으로 물들어 있었다. 이렇게 흥분한 쇼지가 정말 귀여웠다.

"응, 만날 수 있어."

힘주어 말하자 쇼지는 천천히 고개를 끄덕였다.

라이브나 텔레비전으로 보는 것이 아니라 직접 만날 수 있다. 그것이 후지카와 이사미라는 아이돌을 너무나도 좋아하는 이 아이에게 얼마나 특별한 일일까? 최애를 만날 수 있는 티켓이 있다면 쇼지는 백만 엔이라도 턱 하고 내놓을 것만 같았다.

"너는 이사미의 SNS를 확인해?"

잠시 후, 쇼지가 물었다. 나는 순간 최대한 빠르게 머리를 회전시켜 말을 지어냈다.

쇼지가 이사미를 좋아한다는 사실을 알고부터 그의 SNS를 전부 확인했다는 말은 할 수 없었으니 자연스럽게 얼버무려야 했다.

"가끔. 전부는 안 봤어."

"그렇구나. 전부 다 보면 이사미를 만날 수 있어?"

"만날 수 있어. 내가 노력할게."

그때 쇼지가 처음으로 나를 바라봤다. 크고 쌍꺼풀진 눈의 검은 눈동자가 촉촉해지고 작은 코가 뺨과 마찬가지로 살짝 붉었다. 입가에 떠오른 소극적이지만 고양감을 숨기지 못하는 미소.

너는 어쩌면 이렇게도 귀여울까.

"그러면 이것저것 작전을 세워야겠네. 앞으로를 위해서라도 라인LINE 메신저 교환하지 않을래?"

그렇게 말하자, 쇼지는 흔쾌히 자신의 스마트폰을 꺼냈다.

가로수 길 중간에 멈춰 서서 서로의 스마트폰을 보여주는 우리 바로 옆을 2학년 배지를 단 여학생들이 웃으며 지나쳤다.

"음침한 아싸가 연애 놀이를 하네."

그 여학생들이 멀리서 말하는 것이 들렸다.

하지만 그런 것은 아무래도 상관없을 만큼, 나는 내 라인 채팅 화면에 쇼지의 아이콘이 추가됐다는 사실에 감격하고 있었다.

쇼지와 반대 방향인 전철을 타고 집으로 돌아왔다. 헤어지기 전, 우리는 마치 갓 맺어진 연인처럼 서로 손을 흔들었다.

전철을 기다리다 반대편 플랫폼을 보니 쇼지가 서 있었다. 시선이 얽혔다. 나는 손을 흔들었다. 쇼지도 황홀한 미소를 띠며 손을 흔들어 줬다. 가슴속이 분홍빛 고동으로 가득 찼다. 이 순간을 방해하는 전철 도착 안내 방송이 짜증스러웠다.

돌아가는 전철 안에서 곧바로 첫 메시지를 보내자 정말로 답장이 왔다.

'오늘 고마웠어, 앞으로 잘 부탁해.'

'나야말로 잘 부탁해.'

'이사미에 대해서 뭐부터 알아볼까?'

'사는 곳을 알면 좋을 것 같아. 만나러 가고 싶으니까.'

'그러면 SNS로 사는 곳을 특정해 볼게. 뭔가 알게 되

면 알려줄게.'

'고마워. 쓰키미야가 있어서 참 든든해. 이사미가 최애인 친구가 생겨서 기뻐.'

옆에서 전철 손잡이를 쥐고 있는 직장인 눈에는 스마트폰 화면을 보며 실실 웃고 있는 내가 수상한 고등학생으로 보였을지도 모른다.

작전이 너무나도 순조롭게 잘 풀려서 나 스스로 우쭐한 미소를 짓게 된다. 도저히 멈출 수가 없었다.

쇼지와 친해지고 싶다고 줄곧 생각했었다. 사실 나는 후지카와 이사미의 팬이 아니다. 남자 아이돌에게는 아예 관심이 없고 백 나우 멤버들 얼굴도 전부 똑같아 보인다. 하지만 쇼지가 백 나우, 그중에서도 다이가 다음으로 인기가 많은 후지카와 이사미를 좋아한다는 사실을 알고 황급히 공부했다. 좋아하는 사람이 좋아하는 것을 알고 싶어지는 마음은 당연한 감정의 흐름이고, 쇼지에게 다가가기 위한 가장 유효한 수단이니까. 쇼지는 반에서 전혀 말을 안 하지만, 사실은 후지카와 이사미에 관해 이야기하고 싶어서 어쩔 줄 모른다는 걸 알고 있었다.

객관적으로 보면 쇼지는 미인이 아니다. 눈은 동글동글해서 귀엽지만, 코는 너무 작고 고등학생치고는 전체적으로 어려 보인다. 하지만 점심시간에 고개를 숙이고 스마트폰을 들여다보는 옆모습이 매우 차분하고 진지해서 그런 모습에 끌려 버렸다.

쇼지가 더 많이 웃고 반에서 제대로 대화만 한다면 겉돌지 않고 사토 같은 교내 서열 상위인 여자애들과도 쉽게 친해질 수 있을 것이다. 쇼지는 반에서 '겉돌 뿐'이지 괴롭힘을 당하는 것은 아니다. 초등학교에서도 중학교에서도 줄곧 괴롭힘당하고 무시당하며 살아온 나와는 전혀 다르다.

후미진 시골의 가장 가까운 역에 내려 버스를 타고 20분을 더 가면 산기슭의 한산한 지역에 내가 사는 집이 있다. 초등학교 학군 경계 끝에 아슬아슬하게 걸쳐 있어 등교하는 데만도 걸어서 40분이나 걸렸던 쓸쓸한 곳이다.

버스에서 내리면 논과 밭, 그리고 오래전에 지어져 마치 1900년대 초에서 타임 슬립한 듯한 집들이 눈에 띈다.

우리 집은 옆집과 200미터나 떨어져 있다. 부지가 넓어 내가 초등학교 3학년 때 돌아가신 할머니의 밭이 있던 공간에 내가 살고 있는 별채가 있다.

아버지는 은행원이고 어머니는 전업주부다. 할아버지가 땅 부자였던 덕분에 우리 집은 아버지의 은행원 수입과 조부모님께 물려받은 부동산 수입으로 살고 있다. 어머니가 밤늦게 진지한 얼굴로 노트와 서류를 노려보고 있는 것은 부동산 수입을 일일이 파악하기 위해서이다. 우리 집은 꽤 부유한 편이지만, 어설프게 돈이 있다 보니 아버지와 어머니 모두 소비에 인색하다.

별채에 있는 내 방은 부엌과 화장실이 딸린 다다미 여덟 장짜리 좁은 방이다. 커다란 컴퓨터 두 대가 자리 잡고 있고, 그 옆에는 내가 사랑하는 총기 컬렉션이 걸려 있다.

물론 모두 모델 건이나 BB탄을 발사하는 가스 건이지만, 탄환이 더 강하게 발사되도록 개조했기 때문에 작은 동물 정도는 쉽게 해치울 수 있다.

다양한 게임과 해외 드라마에서 사용되는 45구경 콜

트 거버먼트 M1911. 세계 최강의 권총이라는 별명을 자랑하는 데저트 이글. 영화 〈툼 레이더〉에서 안젤리나 졸리가 사용했던 H&K USP……. 아직도 더 있지만 총의 매력을 이야기하자면 밤을 새워야 한다.

나는 자랑스러운 컬렉션 중에서 강력하게 개조된 거버먼트를 손에 들었다.

오늘은 좋은 일이 있었으니 사냥을 하자.

처음에는 싫은 일이 있었던 날에 울적함을 풀기 위해 사냥을 했다. 아버지에게 맞거나 학교에서 괴롭힘을 당했을 때 스트레스를 해소하는 방법이었다. 하지만 이제는 반대로 좋은 일이 있어도 사냥을 하고 싶어진다. 아침에 커튼을 열었을 때 날씨가 기분 좋게 맑기만 해도 사냥하고 싶어지기도 한다. 보통 사람은 좀처럼 이해하기 어려운 기분일지도 모르겠다.

집 안에 있는 가족에게 들키지 않도록 신경 쓰며 발소리를 죽인 채 뒷마당으로 향했다. 뒷마당에는 벚나무, 떡갈나무, 모밀잣밤나무 등이 무성해서 바람이 불 때마다 사각사각 잎사귀가 스치는 소리가 나고, 풀과 나무 냄새가 숨이 막힐 듯 진하게 감돌았다.

벚나무 아래, 강아지풀이 무성한 곳에서 멧비둘기를 발견했다. 나는 즉시 녀석을 조준했다.

손안의 거버먼트가 터지며 반동이 몸을 흔들었다. 탄환은 한 방에 보기 좋게 머리를 관통했고 멧비둘기는 땅에 축 늘어졌다.

멧비둘기에게 다가가 녀석의 머리를 들어 올렸다. 출혈은 거의 없었다. 심장 소리를 확인해 보니 아직 살아 있어서 실망스러운 기분이 들었다. 하지만 나는 사냥을 좋아할 뿐이지 여기서 동물을 해체하는 행위를 즐기는 사이코패스는 아니므로, 증거를 인멸하기 위해 멧비둘기의 몸을 땅에 묻고 다음 사냥감을 찾았다.

문득 다가오는 발소리에 나는 움직임을 멈추고 황급히 거버먼트를 발밑의 수풀 속에 숨겼다. 다가온 것은 여동생 미스미였다.

"저녁 다 됐어. 아빠랑 엄마가 기다리고 계셔."

아직 중학교 1학년인 미스미는 중학생치고는 몸집이 작은 데다 긴 머리를 양 갈래로 땋아서 초등학교 5학년 정도로 보인다. 하지만 목소리는 오빠에게 말하는 것 치고는 무척 딱딱했다. 미스미도 엄마와 한패가 되어 총이라는 이해하기 어려운 취미를 가진 나를 무서워하기 때문이다.

"금방 갈게."

일단 별채로 돌아가 거버먼트를 선반에 걸어두고 본채로 들어갔다.

거실을 겸한 식사 공간은 넓은 일본식 주택 구조다. 다다미에 쓰이는 골풀 냄새가 식탁에 오른 감자조림 냄새와 뒤섞여 있었다. 나는 식탁으로 쓰는 네모난 테이블에 다가가 미스미 옆에 앉았다. 바로 맞은편에 앉은 아버지가 나를 보자마자 말했다.

"또 뒷마당에 있었구나. 거기서 뭘 했어?"

"그냥요."

나는 아버지와 말을 섞고 싶지도 않았고 그저 이 죽도록 숨 막히는 자리가 빨리 끝나기만을 바랐기에 흰밥을 급히 먹어 치웠다. 아버지가 노골적으로 한숨을 내쉬었다.

"또 고양이를 쏘는 건 아니겠지."

중학교 1학년 때, 고양이를 쏴 죽였다가 사체를 들켜서 아버지에게 흠씬 두들겨 맞았다. 그래서 그때부터 나는 별채에서 따로 살고 있다. 별채라고 하면 좋게 들리지만, 다른 가족들 입장에서는 격리실에 감금하는 것과 별반 다르지 않다.

"이웃들 눈도 있으니 이상한 취미는 그만둬라. 네가 범죄자가 되면 책임을 져야 하는 건 이 아빠란 말이다."

왜 말을 그 따위로 하지? 분노가 조용히 몸의 중심을 관통했다. 나에 대해서는 전혀 생각하지 않고 자기 안위만 걱정하는 말. 애정 따위는 이미 기대하지 않지만, 이렇게 노골적이면 아무래도 화가 난다.

"여보, 그만해요."

아버지에게 흰밥을 더 퍼주면서 어머니가 말했다.

어머니는 내가 총기 마니아가 된 이후로 나에게 일절 간섭하지 않는다. 이것저것 잔소리가 많은 아버지와는 정반대의 태도다. 나는 어머니와 성별이 다른 데다 사춘기에 접어든 터라 자기 아들이지만 완전히 다른 생물로 보일 것이다. 게다가 총이라는 별난 취미까지 있다 보니 자식이어도 어떻게 다뤄야 하는지 알 수가 없을 것이다.

"이것 봐, 아빠. 이 동영상, 친구들이랑 찍은 거야."

미스미가 천진난만한 얼굴로 아버지에게 스마트폰을 내밀었다. 아버지는 내가 식사 중에 스마트폰을 꺼내면 화를 내지만 미스미는 스마트폰을 만져도 아무 말도 하지 않는다.

"오오, 이거 댄스 영상이라는 건가. 잘 찍혔네."

"그렇지? 중학교는 댄스부가 없지만 고등학교는 댄스부가 있는 곳에 가고 싶어."

"잘 먹었습니다."

순식간에 저녁 식사를 끝내고 자리에서 일어났다. 가족들의 시선이 잠시 등에 꽂힌 듯했지만, 이내 미스미를 중심으로 단란한 가족의 모습으로 돌아갔다. 그 안에 나는 들어갈 수 없다.

다시금 절실히 깨달았다. 나는 이 가족에게 이질적인 존재이며, 나아가 꺼림칙한 존재이기까지 하다는 사실을.

급히 가라앉으려는 기분을 억지로 북돋웠다. 나에게는 해야 할 일이 있으니까.

별채로 돌아와 컴퓨터를 켰다. 아버지가 쓰던 구형 모델이지만, 개조했기 때문에 웬만한 작업은 처리할 수 있고 이른바 다크 웹이나 일반적이지 않은 사이트에도 접근할 수 있다. 이미 입력해 둔 후지카와 이사미의 정보를 바탕으로 SNS 이미지에서 위치 정보를 파악했다.

아마도 이 야경은 이사미의 집일 것이다. 보이는 풍경으로 주오구中央区에 있다는 사실을 알아냈다. 이곳은 연예인들이 많이 산다고 소문난 초고층 맨션이다.

당장 쇼지에게 알리기 위해 스마트폰을 손에 쥐었다.

골든 위크 연휴의 마지막 날, 날씨는 놀라울 만큼 쾌청했다.

티셔츠에 청바지, 그 위에 플란넬 셔츠를 걸치고 밖으로 나가니 티셔츠 안쪽이 금세 땀으로 젖었다. 이 계절에 비해 지나치게 더운 날씨였지만, 끝없이 푸른 하늘은 마치 나와 쇼지의 미래를 상징하는 듯해서 시선을 높이고 걸어서 버스에 올랐다.

만나기로 한 곳은 고등학교에서 가장 가까운 역이었

다. 쇼지는 이미 와 있었다. 옅은 회색 원피스에 달린 세일러칼라가 쇼지의 앳된 귀여움을 한층 돋보이게 했다.

"이렇게 일찍 나왔는데 부모님은 아무 말씀 없으셨어?"

도심으로 향하는 전철 안에서 묻자, 쇼지가 잠시 뜸을 들인 뒤 말했다.

"괜찮아. 엄마는 가게에 나가 있고 아빠는 쉬는 날에는 점심때까지 주무시니까."

"가게? 어머니는 무슨 일을 하셔?"

"인테리어 코디네이터. 엄마가 가게 오너야."

이때 살짝 굳은 쇼지의 얼굴을 보고 나는 다음 말을 꺼내기 전에 이것저것 고민했다.

아마 쇼지는 멋진 직업을 가진 어머니를 달가워하지 않는 듯했다.

"너희 집, 혹시 부자야?"

무례한 질문이었다는 생각에 급히 덧붙였다.

"뭐랄까, 넌 우리 학교 분위기랑은 좀 다르니까. 우리 학교는 공립이지만 자유로운 분위기라 사토 같은 애들이

주도권을 잡고 있잖아? 집이 넉넉하면 사립 여고가 더 어
울릴 것 같아서.”

“나도 사실은 사립 여고에 가고 싶었어. 교복도 예쁘
고 대학 부속인 고등학교로.”

쇼지가 뚱한 표정으로 중얼거렸다.

“그런데 엄마가 안 된다고 했어. 집에서 너무 멀고 대
학 부속 고등학교는 공부를 게을리한다나. 엄마는 나를
전혀 믿지 않아. 고등학교 입시 때는 덕질도 끊고 열심히
공부했는데.”

어머니에 대한 부정적인 감정이 묻어나는 말투였다.

이 주제로 대화를 이어 가는 것은 좋지 않다. 나는 시
치미를 떼고 일부러 화제를 돌렸다.

“쇼지는 이름이 뭐야?”

“하나코.”

사실 알고 있었다. 좋아하는 여자애의 이름을 모를 리
가 없다.

“하나코라니 정말 최악이야. 화장실 귀신 하나코랑 같
은 이름이잖아. 애들은 하나코라고 하면 무조건 화장실

귀신 하나코를 떠올린단 말이야. 남자애든 여자애든 계
속 놀리고. 계속 그렇게 놀림당했더니 사람들하고 말을
잘 못 하게 됐어."

"나도 이름 때문에 콤플렉스가 있어."

쇼지가 내 얼굴을 유심히 봤다.

"쓰키미야는 이름이 뭐야?"

"요후네夜舟."

"쓰키미야 요후네? 멋있다. 꼭 연예인처럼 예쁜 이름
이잖아. 무슨 뜻이 있어?"

"내 생일이 8월 16일이거든. 도쿄는 7월에 오봉(양력
8월 15일을 중심으로 지내는 일본 최대 명절-옮긴이 주) 행사를
하지만, 우리 동네는 시골이라 8월에 해. 그리고 나는 오
봉 무렵에 태어나서 요후네야."

"오봉이랑 이름이 무슨 상관이야?"

쇼지의 까만 눈이 커졌다. 그것만으로도 내 가슴은 두
근거렸다.

"오봉 때 먹는 오하기(찹쌀떡에 팥앙금을 묻힌 화과자-옮
긴이 주)를 요후네라고 한대. 아버지가 붙인 이름이야."

"처음 들었어. 신기하다. 그런데 아버지가 참 특이하시다. 아들 이름을 화과자에서 따오다니."

"진짜 최악이었던 건 초등학교 3학년 때였어. 이름의 유래를 발표하라는 숙제가 있었거든. 내 발표 시간에는 반 애들이 다 웃었어. 부모님들도 웃고. 그 뒤로 오하기라고 놀림 받고 조롱거리가 됐지."

쇼지가 살짝 웃었다.

"미안. 웃으면 안 되는데 나도 모르게."

"괜찮아. 내 흑역사가 쇼지를 웃게 할 수 있다면 오히려 기쁘지."

평소답지 않게 말이 술술 나왔다. 좋아하는 아이와 나란히 전철을 타는 것만으로도 이렇게 즐거울 수 있다는 사실을 처음 알았다.

"놀림 정도로 끝났으면 다행이었는데 남자애들이라 점점 심해졌거든. 청소 시간에 물을 끼얹거나 여자애들 앞에서 옷을 벗기기도 했어. 그래서 고등학교는 일부러 같은 중학교 애들이 없는 곳으로 지원했어."

"힘들었겠다."

쇼지가 웃음을 거두고 진지한 얼굴로 말했다.

"나도 늘 반에서 붕 떠있었고 친한 친구도 없었어. 그런데 요후네는 나보다 더 힘들었구나."

요후네. 무의식적으로 나온 말일지도 모르지만 내 성이 아닌 이름으로 친근하게 불러줬다는 사실이 너무 기뻤다.

우리는 감동적일 만큼 가까워지고 있었다. 물론 후지카와 이사미라는 매개가 있기에 가능한 일이고 쇼지는 나를 남자로 보지 않지만, 그렇다 해도 멋진 일이었다.

"앞으로 쇼지라는 성 말고 하나코라는 이름으로 불러도 돼?"

내 질문에 쇼지가 놀란 표정을 지었다.

"미안, 화장실 귀신 하나코라고 놀림당해서 트라우마가 생겼다고 했지. 싫으면 지금처럼 그냥 성으로 부를게."

"아니야. 너라면 하나코라고 불러도 돼."

하나코가 나를 보고 생긋 웃었다. 지금까지 본 그녀의 어떤 미소보다도 다정한 웃음이었다.

"앞으로 잘 부탁해, 요후네."

그 한마디에 내 볼은 달아올랐지만, 정작 그녀는 아무렇지 않은 표정이었다.

도심으로 향하는 전철 창밖 풍경이 교외의 한적한 들판에서 서서히 빌딩과 맨션이 늘어선 풍경으로 바뀌어갔다.

후지카와 이사미가 사는 주오구의 초고층 맨션까지는 고등학교에서 가장 가까운 역에서부터 한 시간 이상 걸렸다.

우리는 누가 봐도 도쿄 외곽에 사는 촌뜨기라 신주쿠역의 인파에 당황하고, 지하철 개찰구를 찾느라 당황하고, 환승할 때조차 당황하는 바람에 이것이 명실상부한 첫 데이트(적어도 나에게는)인데도 제대로 에스코트조차 할 수 없었다.

"요후네, 출구는 이쪽이야."

오히려 하나코가 당황한 나를 뒤로하고 침착하게 앞장섰을 정도였다.

45층짜리 초고층 맨션 입구에는 커다란 소파가 자리

잡고 있고 컨시어지까지 대기하고 있었다. 3층까지 트인 천장은 유난히 높았고, 5월 초의 햇살이 유리창을 뚫고 들어와 주변이 반짝였다. 물론 바닥은 아름답게 연마된 대리석이었다. 커다란 텔레비전과 아이들이 놀 수 있는 공간도 있었고, 주민으로 보이는 사람들이 수다를 떨고 있었다. 그들이 입은 옷도 우리 부모님 옷보다 훨씬 비싸 보여서 여기에 사는 사람들이 진짜 상류층이라는 사실을 실감했다.

우리는 당연히 진짜 상류층이 사는 궁전 같은 그 초고층 맨션에 완전히 압도당하고 말았다. 눈에 띄지 않게 로비 구석에 있는 소파에 앉아 후지카와 이사미가 나오기를 기다렸다. 하나코가 작은 목소리로 말을 걸었다.

"이사미가 정말로 나올까?"

"나올 거야. 어제 인스타그램에 내일 낮부터 예능 프로그램 촬영이 있다고 썼거든."

"그건 나도 봐서 알아. 그런데 정말 이 맨션이 맞아? 다른 곳일 수도 있잖아."

"사진으로 확인했으니까 걱정하지 마. 이사미가 사는

곳은 여기 최상층 남동쪽 끝 집이야."

하나코가 약간 놀란 표정을 지었다.

"거기까지 알면 혹시 집 호수도 아는 거 아니야?"

"응, 알아. 전에 살던 사람이 방에서 찍은 풍경 사진을 인터넷에 올려둔 게 남아 있는데, 그거랑 완전히 똑같았어. 그러니까 틀림없어."

"요후네는 대단하구나."

순수한 하나코의 대단하다는 말에 내 콧구멍은 한껏 부풀어 올랐다.

하나코가 나를 더 대단하다고 생각해 주면 좋겠다. 더 나를 칭찬해 주면 좋겠다. 그리고 후지카와 이사미보다 나를 더 좋아해 주면 좋겠다.

후지카와 이사미에게도 감사해야 한다. 그가 없었다면 이렇게 하나코 곁을 차지하지 못했을 테니까 말이다.

"아, 나왔다."

하나코가 작게 말하고 소파에서 일어섰다. 엘리베이터에서 내려 우리 쪽으로 걸어오는 후지카와 이사미를 향해 고개를 돌렸다.

어디를 어떻게 봐도 진짜 후지카와 이사미였다. 새카만 짧은 머리에 옅게 그을린 얼굴. 흰색 긴팔 티셔츠에 청바지의 편안한 차림이었지만, 청바지는 멀리서 봐도 비싸 보였다. 운동화는 발을 대충 밀어 넣어 뒤꿈치를 꺾어 신고 있었다.

그는 화난 표정이었다. 여기에 있는 것이 내키지 않는다는 감정을 전혀 숨기지 않는 날카로운 옆모습. 잠이 부족한지 눈은 충혈되어 있었고 입은 일자 모양으로 굳게 다물려 있었다. 아직 오전 중이니 더 자고 싶어서 이렇게 불쾌한 표정일 수도 있다.

뭐, 연예인도 쉴 때는 이렇겠지. 카메라를 향할 때만 방긋 웃으면 되니까.

하나코는 꼼짝도 하지 않고 후지카와 이사미를 바라보고 있었다. 너무 노골적으로 보는 바람에 심하다 싶어서 하나코의 소매를 잡아당길 뻔했다. 보고 있다는 사실을 들키면 곤란하다. 집을 알아내서 찾아온 위험한 팬으로 인식될 것이다.

그러면 앞으로 우리가 행동하기도 어려워진다.

하나코의 시선을 느꼈는지 그가 이쪽을 쳐다봤다. 그 순간, 하나코의 시선과 후지카와 이사미의 시선이 마주쳤다. 하나코는 벼락을 맞은 것처럼 굳은 채로 뺨을 새빨갛게 물들였다. 그는 그런 하나코를 수상하다는 듯이 훑어보고는 현관을 빠져나갔다.

아, 곤란해졌다. 후지카와 이사미가 이상한 10대들이 집에 찾아왔다고 소속사에 알리면 큰일이다. 그런 나의 속마음은 아랑곳없이 하나코는 흥분해서 팔짝팔짝 뛰었다.

"봤어? 방금 이사미랑 눈이 마주쳤어! 아주 잠깐이지만 제대로 이쪽을 봤어! 나를 알아봐 줬어! 어떡해! 드디어 나도 이사미가 알아보는 팬이 된 거야?"

목소리를 낮추라고 검지를 입술에 대자, 하나코가 화들짝 놀라 두 손으로 자신의 입을 막았다. 그리고 잠시 후 내 귓가에 입술을 가져다 댔다. 이때 키가 작은 하나코는 발돋움을 해야 했는데, 그 모습이 정말 귀여웠다.

"정말 고마워. 지금까지 살아온 날 중에 오늘이 최고의 날이야."

　　나는 행복을 곱씹으며 미소 짓는 하나코를 향해 부드
럽게 웃었다.

　　네가 좋아하는 사람이 내가 아니라 후지카와 이사미
라는 점은 마음에 들지 않지만, 그래도 너를 웃게 해 줄
수 있어서 행복했다. 네가 그 녀석과 눈이 마주친 것만으
로 최고의 날이라고 말했던 것처럼.

후지카와 이사미

여장하면 어지간한 여자에게 지지 않는 예쁜 남자를 캐릭터로 내세우고 있다고 해도 이 화장은 너무 심하다. 나는 그런 생각을 하면서 히로히토와 이야기를 나누고 있었다.

오늘 히로히토는 눈썹을 가늘게 그리고 핑크색 아이새도와 블러셔를 바른 데에다 입술에는 펄이 들어간 핑크색 립글로스까지 칠했다. 메이크업 아티스트에게 부탁한 것이 아니라 스스로 이렇게까지 한다는 점이 무섭다.

"난 다이가나 이사미처럼 인기가 없으니까 이런 쪽으로라도 공략해야지. 덕분에 백 나우에는 드문 남자 팬이나 해외 팬도 늘었잖아. 인터넷에서는 게이라고 하는 사람도 있지만, 그 사람들이 어떻게 생각하든 난 별로 상관 없어."

히로히토는 그렇게 말하며 인조 속눈썹을 고치고 있었다. 히로히토와는 정반대로 피부만 정돈하는 자연스러운 메이크업을 받은 나는 멤버 전원이 실린 잡지 화보를 들여다봤다.

센터는 물론 메구로 다이가다. 다이가와 어깨를 맞대고 있는 후지는 동안이라 동생 캐릭터로 사랑받고 있다. 뒤에는 최연장 멤버인 다쓰노 유키가 한층 차분한 표정으로 찍혀 있고, 그 옆은 여자아이 같은 미소를 띠고 있는 히로히토였다.

내가 위치는 다이가의 옆이다. 세상 사람들은 내가 다이가 다음으로 백 나우의 인기 멤버라고 말하지만, 1등과 2등 사이에는 커다란 격차가 있다. 타고난 큰 키에 달콤한 얼굴, 게다가 노래든, 춤이든, 연기든 딱히 연습하지 않아도 평균 이상은 해낸다. 하늘이 내린 재능을 가진 녀석은 아무리 노력해도 이길 수 없다.

그래서 나는 캐릭터를 만들었다. '누구보다 아이돌 활

동을 열심히 하는 노력가이자 금욕적인 꽃미남' 후지카
와 이사미. 그러다보니 다이가보다 모자란 외모도 어느
새 '동양풍 꽃미남'이라고 불리게 됐다. 하지만 아무리
노력해도 다이가의 화려함에는 미치지 못한다.

"너 말이야, 진짜 게이 취급당해도 괜찮아?"

"뭐가?"

내가 그렇게 말하자 히로히토는 신기한 듯이 되물었
다. 이 녀석의 좋은 점은 순진하고 소박한 성격이다. 인기
는 그룹 최하위지만 딱히 신경을 쓰지 않는다.

"자존심 같은 거 상하지 않냐고."

"이사미는 자존심 상해?"

"당연하지. 나는 평범하게 여자를 좋아하는 남자인데
그런 나를 두고 너랑 BL 망상이나 하는 꼴을 보면 열 받
아서 술 마시는 걸 멈출 수가 없다고. 그런 건 당연히 역
겹잖아."

"사람들이 즐거워한다면 난 상관없어."

또 이 모양이다. 꼭 헛물을 켜는 기분이다. 무심코 한
숨을 내쉬는데, 뒤에서 누가 잡지를 낚아챘다. 돌아보니

다이가가 화보를 들고 히죽히죽 웃고 있었다. 팬들 앞에서는 절대 드러내지 않는, 멋있지도, 귀엽지도 않은 일그러진 웃음이었다.

"오, 역시 난 사진발이 잘 받는구나. 이 카메라맨, 센스 있네. 이사미랑 히로는 나란히 붙어서 찍으면 더 좋았을 텐데."

방금 내 대화를 듣고 일부러 저런 말을 한다. 이 녀석의 이런 점은 정말이지 열받는다.

"몇 번이나 말했잖아. 나랑 히로히토는 그런 사이 아니라고."

"그래, 그래. 또 BL 부정 발언 나오셨네. 그런데 나랑 후지는 비즈니스 BL이지만, 너희는 진짜잖아? 지금도 어깨가 닿을 듯한 거리에서 시시덕거리고 말이야. 아무리 나랑 후지라도 이건 못 따라 하지. 뜨겁네, 뜨거워."

얼굴이 확 달아오르면서 나를 억누르는 울타리가 부서질 것 같았다. 그것을 막으려는 듯이 히로히토가 말했다.

"그런 소리 하기 전에 메일은 확인했어? 오늘 읽을 사람은 다이가잖아."

"바보야, 그런 건 진작에 해 뒀지. 그래도 혹시 모르니까 다시 한번 읽어 둬야겠다."

다이가는 그렇게 말하며 대기실의 자기 자리로 돌아갔다. 옆에서는 후지와 유키가 즐겁게 이야기하고 있었다. 다이가의 등을 노려보는 나를 히로히토는 복잡한 눈으로 바라보았다.

"너는 싫을지 몰라도 팬들이 너랑 히로히토를 그런 눈으로 보고 있고 그걸 즐기니까 그 이미지를 깨지는 말아 줘."

매니저인 구시카와에게도 이런 말을 들은 이상 나도 어쩔 수 없이 받아들이고는 있지만, 아무리 생각해도 BL러라는 인간들은 도저히 이해할 수 없다.

전에 다이가가 나와 히로히토가 관계하는 인터넷 소설을 보여줬는데, 그 내용이 너무 역겨운 나머지 화장실로 달려가 속을 게워내고 말았다. 묘사가 너무 구체적인 데다가 하필이면 그걸 읽고 조금 흥분해 버린 나 자신이 끔찍해서 진심으로 그들이 싫어졌다.

그런 사람들은 연애나 성에 대한 사고방식이 뒤틀려

있어서 그 꼴일 테지만, 즐기고 싶으면 만화나 애니메이션 속의 세계에서 머물러 주길 바란다. 제발 2.5차원에서 멈춰. 너희가 하는 망상의 대상은 살아 있는 사람이라고!

그렇게 목소리를 높여 온 세상에 외치고 싶지만, 그럴 수 없는 것이 연예인이라는 직업을 가진 사람의 괴로운 운명이다.

라이브 스트리밍은 21시부터 시작되었다. 예능 프로그램 MC도 맡고 있는 유키가 능숙하게 주제를 제시하면서 잇따라 화제를 전환해 나갔다. 나와 히로히토, 다이가, 후지 모두 연예인답게 각 주제에 맞춰 과장된 반응을 보였다. 예능 프로그램 녹화보다는 편하지만, 라이브 스트리밍은 시청자 댓글이 실시간으로 보이기 때문에 공중파 방송과는 다른 긴장감이 있다.

"이사미랑 히로는 사이가 좋네, 그냥 사귀어 버리지."

어느 화제로 전환되면서 갑자기 다이가가 말을 꺼냈다. 심술궂게 휘어진 삼각형 눈. 곧바로 댓글 창이 시끄러워졌다.

'이사미랑 히로히토는 잘 어울리지!'

‘이사히로인가, 히로이사인가.’

‘나는 절대로 이사히로!’

‘아니, 리버시블이지.’

이래서 BL러라는 것들은. 남자와 남자가 조금 사이 좋게 지내기만 해도 엉뚱한 망상을 하며 흥분한다. 이런 인간들은 분명히 인기가 없을 것이다. 하나같이 못생겼겠지.

“진짜 이 둘은 사귄다니까.”

후지까지 그런 말을 꺼낸다. 후지는 ‘모두의 동생’ 캐릭터지만, 실제로는 다이가의 꽁무니나 졸졸 쫓아다니는 녀석이자 모 국민 애니메이션 속 골목대장의 똘마니 같은 남자다.

“아까도 대기실에서 분위기가 좋아서 우리는 도저히 말을 못 걸었어.”

이어서 다이가가 그런 말을 하자, 댓글 창은 공식 BL 커플이라며 난리가 났다. 카메라 옆에 있는 구시카와가 제발 화내지 말라는 시선을 보냈지만, 아무리 그래도 이 상황에서 부정하지 않는 것은 곤란하다.

“무슨 소리야. 우리 그런 사이 아니라니까!”

그렇게 말하며 옆의 히로히토를 보자, 평소처럼 미소녀를 능가하는 여신 같은 미소를 짓고 있었다. 이 녀석은 아무런 잘못이 없지만 멱살을 잡고 싶은 충동이 일었다.

‘부끄러워하는 이사미도 귀여워! 역시 히로히토를 엄청나게 좋아하는구나~.’

‘이사히로 커플은 영원하다!’

‘이사히로만 있으면 10년은 반찬 없이 밥 먹을 수 있어!’

또다시 쏟아지는 댓글. 머리를 쥐어뜯고 싶은 마음을 억누르고 나는 필사적으로 변명했다.

“정말로 이제 그런 농담은 그만해 주세요. 여러분, 오해하지 마세요. 저도 히로히토도 여자를 좋아하는 평범한 남자입니다.”

최대한 부드럽게 말하려고 했다. 그런데도 후지가 이때를 놓칠세라 공격해 왔다.

“그렇게 발끈하는 모습이 더 수상하다니까.”

“어차피 방송 끝나면 또 히로히토네 집에 갈 거잖아.”

다이가가 그 말을 하자마자 댓글 창에는 또 BL러들의 댓글이 잔뜩 올라왔다. 이렇게 되면 이제 수습이 불가능하다. 후지와 다이가가 실컷 놀려댔다.

"그래서 둘 중에 누가 공이고 누가 수야?"

"우리 생각엔 이사미가 공 같은데 어쩌면 히로히토가 공일 수도 있지."

"적당히 해라, 너희들!"

가벼운 말투로 반격했다.

이런 상황에도 웃어야 한다는 사실이 괴로웠다. 내가 한계에 도달한 것을 눈치챈 유키가 능숙하게 상황을 정리하고 다음 화제로 넘어가 줬지만 다이가가 메일을 읽는 내내 가슴이 답답했다.

언제쯤 카메라 앞에서 하고 싶은 말을 당당하게 할 수 있을까. 아니, 연예인이 되었으니 그런 날이 영원히 오지 않는다고 단념해야 하는 것일까.

유명세란 말이 딱 맞다. 나는 방송에서 떠받들어질 권리를 얻은 만큼 많은 것을 잃었다. 아니, 오히려 잃기만 했다.

　방송이 끝난 후, 멤버들은 마치 스위치가 꺼진 것처럼 해방감에 젖어 들었다.

　다이가와 후지는 둘만 아는 화제로 신나게 떠들어 댔고, 히로히토는 방송이 끝났는데도 메이크업을 고치며 유키와 무언가 이야기를 나누고 있었다. 나만 할 일이 없어서 일단 스마트폰을 집어 들고 오늘 자 스트리밍의 반응을 확인했다.

　'이사미도 멋있지만, 역시 다이가지. 다이가는 백 나우의 영원한 센터야.'

　'인정. 아무리 이사미가 멋있어도 역시 다이가는 못 이겨.'

　'절대 다이가! 죽을 때까지 최애는 다이가!'

　치켜세우고, 비교하고, 끌어내려도 내게는 여기에 저항할 말이 없었고, 설령 그런 말을 가지고 있어도 이 사람들에게 직접 내뱉을 수 없다. 솔직히 다이가가 나보다 몇 배는 더 멋있다는 것은 인정한다. 하지만 저 자식, 성격은 최악이야. 이 한마디만이라도 할 수 있다면 얼마나 마음이 편할까.

그런 생각을 하고 있는데 구시카와가 내 어깨를 쳤다.

"이사미, 잠깐만."

나는 구시카와에게 이끌려 다른 방으로 향했다. 나이를 물어본 적은 없지만, 구시카와는 서른 살 초반 정도로 이 업계 경력은 그리 길지 않다. 쓸데없이 고압적인 태도로 대하지는 않지만, 잘못된 부분은 분명하게 지적하는 성격을 보면 연예인 매니저보다는 초등학교 선생님이 더 잘 맞을 법한 남자다.

"왜 이런 사진을 인스타그램에 올렸어?"

구시카와가 스마트폰을 들이밀었다. 화면에는 내 방에서 내려다본 야경이 있었다.

구시카와는 입술을 일자로 굳게 다문 채, 감정을 잘 드러내지 않는 외꺼풀 속 눈동자로 정면에서 나를 노려보았다.

"그냥 예쁜 야경이라고 한마디 덧붙인 사진이잖아요. 아무 문제 없다고 생각했어요."

"정말이지."

구시카와가 머리에 손을 대고 머리카락을 북북 긁어

댔다. 그리고 기가 막힌다는 얼굴로 나를 쳐다봤다.

"예쁜 야경이라는 한마디 정도는 문제가 없다고 진심으로 생각해? 이거 집에서 찍었지? 이걸 보고 네가 사는 곳을 알아내려는 팬이 있으면 어쩌려고 그래?"

"아니, 저는 집에서 찍었다고 안 썼잖아요."

"안 써도 한밤중에 이런 게시물을 올리면 당연히 집이라고 생각하지. 어떻게 그런 것도 몰라?"

비꼬는 듯한 말투에 화가 나지 않은 것은 아니었지만, 구시카와의 말도 일리가 있었다. 이번에는 내가 경솔했다.

"죄송합니다."

작게 말하자, 구시카와가 보란 듯이 한숨을 내쉬었다.

"어쨌든 게시물은 바로 지워. 무슨 일이라도 생기면 우리 힘만으로는 널 지켜줄 수 없으니까."

"알겠습니다."

"그리고 내일은 오후 세 시부터 촬영이야. 지난번에 지각해서 감독님이 엄청 화나셨어. 내일은 시간 꼭 지켜."

"네."

지각이라고 해도 겨우 5분이었다. 그것도 택시가 교통

체증에 휘말린 탓이지 내 잘못은 아니었다. 하지만 그런 사정을 구시카와에게 말해봤자 아무런 소용이 없다. 그 감독처럼 화를 잘 내는 사람들은 연예계뿐만 아니라 어디에든 있으니 말이다.

대기실로 돌아오니 히로히토가 유키와 떨어져서 여전히 혼자 거울을 보고 있었다. 유키는 다이가와 후지의 대화에 끼어들어 셋이 즐겁게 떠들고 있었다.

나는 히로히토 옆에 앉아 말을 걸었다.

"구시카와한테 혼났어."

"뭐래?"

"나중에 얘기해 줄게."

방송 전에 스태프에게 부탁해서 사 온 콜라를 들이켜며 말했다.

"오늘 밤, 네 집에 가도 돼?"

스트리밍이 끝나면 히로히토의 집에서 둘이 뒤풀이를 하는 것이 어느덧 고정루틴이 되었다.

편의점에서 술과 안주를 살 때, 점원은 무심한 표정을

지으면서도 분명히 우리를 보고 있었다. 연예인들이 많이 사는 맨션 근처에 매주 금요일 밤마다 안주와 술을 사러 오는 두 사람. 점원은 우리가 백 나우의 후지카와 이사미와 혼다 히로히토라는 사실을 정확히 인식하고 있는 듯했다.

"아, 진짜 다이가랑 후지 너무 짜증 나."

이렇게 말하면서 세 번째 탄산 과실주 캔을 따자, 탄산이 빠지는 소리가 났다. 히로히토는 술이 약해서 아직도 처음 딴 매실주를 홀짝홀짝 마시고 있었다. 달콤한 술을 조금씩 음미하는 모습이 진짜로 여자애 같았다.

"특히 다이가. 그 자식, 우리 중에 인기가 제일 많다고 너무 나대. 너는 인기가 별로 없으니까 무시하고. 그래서 너랑 나를 커플로 엮어서 방송 소재로 쓰는 거야. 그런 게 진짜로 열받아."

"괜찮아. 나는 누가 인기가 제일 많든 정말로 신경 안 쓰이거든."

신경을 안 쓴다는 말은 거짓말이 아닐 것이다. 그만큼 히로히토의 말투는 가벼웠다.

"팬들이 기뻐해 주고 앞으로도 계속 백 나우로 활동할 수 있으면 그걸로 충분해."

"너, 진심으로 그렇게 생각해?"

나는 단숨에 술을 목으로 넘겼다. 식도가 타는 듯한 기분 좋은 열기가 느껴졌다.

"아이돌 활동은 잘해봤자 앞으로 5년이야. 슬슬 진지하게 솔로로 활동하든지, 배우를 하든지, 유키처럼 MC를 하든지, 앞날을 생각해야 한다고."

"뭐, 그렇긴 하지."

마치 남의 일이라는 듯한 말투였다. 히로히토는 좋게든 나쁘게든 멍한 구석이 있는 녀석이다. 그룹에서 인기가 최하위면 더 초조해해야 할 텐데, 전혀 향상심이 없다.

"그래도 이사미는 연기를 잘하잖아. 드라마도 인기라며."

"드라마라고 해도 공중파는 아니니까. 다이가처럼 주연 영화가 대박을 터트리는 정도는 돼야 뜨지."

"연기는 네가 더 잘하잖아."

"연기 실력은 아무래도 상관없어. 중요한 건 좋은 배

역이랑 좋은 각본이야. 게다가 감독이나 연출가와의 궁합도 중요하고.”

배우에게 중요한 것은 자질이나 연기 실력보다는 운이다. 연기가 어설픈 배우라도 좋은 감독을 만나면 자연스러운 연기로 평가되어 일감이 줄줄이 들어온다. 나는 운조차 다이가에게 뒤처지고 있으니 슬플 따름이다.

“네가 주연인 드라마, 오늘 밤에 하는구나. 같이 볼래?”

“됐어. 이제 집에 갈래.”

나는 빈 탄산 과실주 캔을 다른 빈 캔들과 함께 비닐봉지에 넣고 무거운 몸을 일으켰다. 히로히토는 현관 앞까지 나를 배웅해 줬다.

봄의 끝에서 불어오는 밤바람이 쓸쓸하게 뺨을 스쳤다.

새벽 한 시, 그 여자가 왔다. 지명 요금이 아까워서 나는 항상 지명 없이 아무나 부른다.

“미호예요. 오늘 잘 부탁드립니다.”

예의 바르게 인사를 한 그 여자는 어두운 갈색으로 염색한 긴 머리에 피부가 새하얗고 몸매도 좋았다. 너무 크지도 작지도 않은 가슴에 늘씬한 팔다리. 연예인들이 자주 이용하는 이 남성 에스테틱 숍에는 모델이나 아이돌 지망생도 많이 소속되어 있으니 그런 부류일 것이다.

"미호라. 좀 더 특이한 이름을 붙이지."

"점장님이 지어주신 거예요. 전 마음에 들어요."

미호는 그렇게 말하며 검은 가방에서 수건을 네 장을 꺼내 내 침대를 덮었다. 마사지 오일과 아로마 오일이 들어 있는 작은 병도 꺼냈다.

"어떤 향을 좋아하세요?"

"이대로 잠들고 싶으니까 잠이 잘 오는 향으로."

"그러면 라벤더와 캐모마일을 섞을게요."

방 안에 아로마 오일의 향긋한 향기가 은은하게 퍼졌다.

미호는 수건으로 상반신을 가린 내 다리에 오일을 바르며 마사지를 시작했다. 적당한 압력이었다. 아무리 남성 에스테틱 숍이라도 마사지가 너무 서툰 직원에게는 싫은 소리를 하고 싶어지지만, 미호는 흠잡을 데가 없을 정도로 능숙했다.

"미호는 낮에는 무슨 일을 해?"

"모델이라 촬영 스케줄이 많아요."

예상대로다. 아무리 밑바닥이고, 뜨지 못했다고 해도 연예계에 발을 들였으면 나 정도는 알 것이다.

"혹시 나 알아?"

"당연하죠. 백 나우의 후지카와 이사미 씨 맞죠?"

백 나우는 지금 가장 잘나가는 인기 아이돌 그룹이지만, 역시 나를 안다는 것을 확인하면 기쁘다. 그러다 보니 나도 모르게 말이 많아졌다.

"멤버 중에서는 누가 최애야?"

"음. 한 명만 고르기는 어렵지만, 다츠노 유키 씨요. 제일 차분하고 모두의 맏형 같잖아요. 성실해 보여서 호감이 가요."

"유키라. 남자 보는 눈이 있네."

여기서 다이가의 이름이 나왔다면 나는 화를 냈을지도 모른다.

"유키는 진짜 좋은 녀석이야. 예능 프로그램 MC도 하고 있고 아이돌 외의 일도 계속 늘고 있어. 게다가 최근에는 작사 작곡도 하고 있고."

"작사 작곡이요?"

처음 들었다는 듯이 미호의 목소리가 들떴다.

"노래는 못하는데 곡을 만들고 가사 쓰는 건 잘하거든. 언젠가 아이돌 프로듀싱을 해보고 싶대. 걔가 프로듀싱하면 그 그룹은 대박 터지지 않을까?"

"유키 씨가 만든 곡, 들어보고 싶어요."

미호의 손이 왼쪽 다리에서 오른쪽 다리로 옮겨갔다. 종아리의 림프관을 풀어주는 마사지를 받으며 나는 이야기를 이어갔다.

"다이가는 어때? 메구로 다이가."

"아, 인기가 제일 많은 분이잖아요. 저는 유키 씨가 더 좋긴 하지만…… 뭐, 얼굴은 괜찮다고 생각해요. 그리고 확실히 화려한 느낌이 있죠."

"맞아, 걔는 잘생겼고 화려해. 그래서 나대는 거야."

"그렇구나."

미호가 착하게 대꾸해주자 나는 온갖 울분을 쏟아내고 싶어졌다.

“다이가는 성격이 최악이야. 지금도 다섯 명이랑 동시에 사귀고 있다니까.”

“다섯 명이나요?”

미호가 놀란 목소리로 말했다. 나는 웃음을 참으며 말을 이었다.

“진짜 최악이지. 안 그래도 지금은 특히 중요한 시기라 스캔들을 만들지 말라고 매니저한테 당부했는데도 안 들키면 그만이라고 그딴 짓을 하고 있어. 상대는 너 같은 애들이야. 모델이나 그라비아 아이돌. 그런데 어떻게 그런 짓을 하지? 귀찮기만 하잖아. 나는 이제 여자랑 사귈 생각도 안 드는데. 일일이 비위를 맞춰야 하고, 화내는 포인트를 모르니까 쓸데없이 피곤하기만 하거든. 나는 너 같은 애를 가끔 부를 수 있으면 그걸로 만족해.”

“저희 가게 매출에 공헌해 주시면 감사하죠.”

상당히 못난 성격을 드러냈지만, 미호는 날 받아줬다. 기분이 좋아져서 혀가 더욱 거침없이 움직였다.

“실제로 그런 말을 하면 또 히로히토랑 BL 커플 망상의 먹잇감이 될걸요.”

"바로 그거야. 그게 내 고민거리라고. 진짜 BL러들은 무슨 생각을 하는지 모르겠어. 왜 그렇게 게이를 좋아하는 거야? 그걸로 일일이 흥분하는 것도 이해가 안 돼. 그런 생각을 할 시간에 남자 친구를 사귀라고. 그런 여자 중에 멀쩡한 애들은 없을 거야. 분명 못생겼겠지."

"못생겼는지 아닌지는 모르죠."

미호는 내 허벅지에도 마사지 오일을 발랐다.

"팬이라는 존재는 참 어렵네요. 팬이 생기는 건 기쁘지만, 계속 팬으로 머물게끔 붙잡아 두는 건 정말 힘든 것 같아요."

"맞아. 그게 진짜 연예인의 힘든 점이야. 팬이라고는 해도 결국은 손님이니까. 손님은 새로운 꽃미남 아이돌 그룹이 나오면 그쪽으로 흘러가고, 스캔들이라도 터지면 완전히 등을 돌리거든. 게다가 인터넷으로 서로 소통하니까 묘하게 단결력도 있잖아. 정말 제멋대로고 믿을 수가 없어. 그런 쓰레기 같은 인간들을 앞으로도 계속 기쁘게 해야 한다는 게 힘들어."

"왠지 이사미 씨는 제가 생각했던 이미지랑 다르네요."

미호는 긍정도 부정도 하지 않고 그렇게만 말했다. 본인도 모델로 일하면서 팬들의 비위를 맞춰야 하는 입장에서 더 이상 할 수 있는 말이 없었을 것이다.

"뭐야. 나 싫어졌어?"

"아니요. 그 증거로 저, 지금 젖었어요."

나는 몸을 일으켜 미호의 가녀린 어깨를 끌어안았다. 키스하며 가슴을 더듬다가 이윽고 손을 아래로 내렸다. 미호가 말한 대로 그곳은 따뜻하게 물을 머금고 순순히 나를 받아들였다. 그 사실에 은밀하게 기쁨을 느끼면서 미호 안에 손가락을 넣었다 뺐다. 키스로 입이 막힌 채 미호가 뭉개진 신음을 흘렸다.

사실 남성 에스테틱 숍에서 이런 행위는 금기다. 하지만 내가 항상 부르는 이 가게는 여자가 싫어하지 않으면 괜찮다는 방침이다. 그만큼 다른 가게보다 요금이 비싸지만, 여자들의 수준은 최고이고 경비로 처리되니 문제는 없었다.

미호의 안이 움찔움찔 경련하더니 절정의 쾌감에 도달하며 몸의 힘을 풀고 축 늘어졌다. 두 손가락을 빼내자,

여자 냄새가 코를 훅 찔렀다.

이 세계에 발을 들여놓은 후로 나에겐 설이나 추석, 골든 위크 같은 명절에도 휴가가 없었다. 뜨기 전에는 일이 없는 날이면 노래와 춤 레슨에 매달려 살았다. 어떤 안무든 쉽게 소화하는 다이가에게 지기 싫어서 소속사 스튜디오 거울 앞에서 밤새도록 춤을 췄다. 인기가 생기기 시작하자, 연습 시간을 늘리기가 어려워졌다. 멤버 다섯 명이 모두 모이는 날은 드물었고, 짧은 시간 안에 노래와 안무를 외우는 것은 보통 힘든 일이 아니었다. 게다가 안무가는 우리라면 더 잘 출 수 있다고 열정적으로 말하며 신곡이 나올 때마다 댄스의 수준을 높였다.

그날은 밤늦게까지 소속사에서 신곡 연습과 회의, 특전 굿즈에 들어갈 사인을 백 장 정도 하느라 녹초가 되었다. 그래서 다음 날 눈을 떴을 때도 어제의 피로가 남아 몸이 무거웠다. 세면대에서 얼굴을 확인해 보니 몰골이 말이 아니었다. 눈은 충혈됐고 다크서클은 선명했으며 입술도 혈색이 없었다. 도저히 연예인이라고 할 수 없는 얼굴이었다. 이후에 있을 예능 촬영 전에 메이크업을 받으니 메이크업 아티스트가 어떻게든 해 주기를 바랄 뿐이었다.

세수와 양치질을 마친 뒤에 남성용 토너와 로션, 그리고 선크림만 바르고 집을 나섰다. 5월 초순치고는 더운 날이었다. 계절이 두 달 정도 앞서가는 것 같았다. 맨션 입구를 나설 때, 이쪽을 빤히 쳐다보는 한 여자애가 있었다. 중학생이나 고등학생 정도 되었을까. 옅은 회색 원피스는 단정했지만, 한눈에 싸구려라는 것을 알 수 있었다. 이 맨션 주민에게 어울리는 차림은 아니었다.

맨션 옆에 세워둔 소속사 차에 타자마자, 구시카와가 말을 걸었다.

"이사미. 저번에 올린 게시물 안 지웠지?"

나도 모르게 입 밖으로 아, 소리가 새어 나왔다. 구시카와는 내 반응을 보고는 답답하다는 듯이 얼굴을 찌푸렸다.

"진짜로 곤란하다니까. 내가 말했잖아. 우리도 널 못 지켜준다고."

“죄송합니다.”

“어휴!”

구시카와가 머리에 손을 댔다.

“사진은 이쪽에서 지워뒀어. 다시는 그런 짓 하지 마. 인스타그램은 마음껏 써도 되지만 위치가 특정될 만한 짓은 절대로 하지 말라고.”

“정말 죄송합니다.”

“이제 됐어.”

구시카와는 한심하다는 듯이 말했다.

아까 그 여자애의 모습이 머릿속을 스쳤다. 그 옆에는 덥수룩한 앞머리의 자그마한 남자애가 있었다. 그 애도 아마 중학생이나 고등학생쯤으로 보였다.

설마 그 두 아이가 내 팬인가? 그리고 그 인스타그램 게시물을 보고 내 집을 알아냈나?

등골을 타고 올라온 불길한 기운에 오싹함을 느꼈다.

나는 서둘러 불쾌한 미래에 대한 상상을 지워버렸다.

말도 안 된다. 상대는 겨우 아이들이다. 만에 하나 집을 알아냈다 해도 별일은 없을 것이다. 아이들의 머리와 경제력으로 할 수 있는 일은 뻔하니까. 나는 안전하다.

스스로에게 되뇌듯이 나는 차 안에서 몇 번이고 그 말을 반복했다.

제2장

불온

쇼지 하나코

따뜻한 날씨와 추운 날씨를 오가며 불안정했던 봄이 끝나고 초여름이 찾아왔다.

당장이라도 여름 방학이 앞당겨질 듯한 무더운 날이 이어지는가 싶더니 곧 장마철이 되었다. 습도도 기온도 짜증스럽게 느껴지는 이 계절을 나는 그 어느 때보다 긍정적으로 보내고 있었다.

모든 것은 요후네 덕분이었다.

이사미에 관한 이야기를 나눌 친구가 있다는 것은 멋진 일이었다. 요후네는 남자아이인데도 백 나우를 무척 좋아하고, 특히 이사미를 좋아해서 이사미에 관한 것이라면 뭐든지 알고 있었다. 게다가 정보력도 대단해서

SNS에서는 찾을 수 없는 이사미의 정보를 입수해서 내게 들려주곤 했다.

"미즈시마 아키에 관한 건데."

가로수 길을 걸으며 요후네가 말했다.

비가 톡톡 떨어지며 우리 둘의 우산을 적셨다. 방과 후에는 거의 매일 요후네와 함께 하교했다. 처음에는 하굣길이라 같은 고등학교 학생들의 시선이 신경 쓰였지만, 이제는 아무래도 상관없어졌다.

어쨌든 나는 비밀을 공유하듯이 이사미를 향한 사랑을 공유할 수 있는 동지가 생겼다는 사실이 너무나 기뻤다.

"확실히 관계는 있었나 봐."

"관계라니?"

요후네는 목소리를 높이는 내게 건넬 단어를 고르는 듯했다.

"미즈시마 아키가 사는 맨션 주민 중에 이사미를 본 사람이 있어. 그런데 겨우 한 달 정도였대."

"그러면…… 사귀었는데 바로 헤어졌다는 거야?"

이사미의 여자관계에 대해서는 지금까지 애써 못 본 척해왔다. 한 명의 팬으로서 알고 싶기도 했지만, 알고 싶지 않다는 마음이 더 컸다. 현재 내 장래 희망 제1위는 이사미의 신부이기 때문이다. 절대 불가능하다는 건 알지만 말이다.

"내 추측이지만, 아마 사귀지도 않았을 거야. 만나기는 했지만, 정식으로 사귀는 사이는 아니었다고 해야 하나. 다른 걸 찾아봐도 이사미의 스캔들을 그 정도밖에 없는 걸 보면 기본적으로 그쪽은 조심하는 것 같아."

"……그렇구나."

왠지 모르게 굉장히 실망스러웠다. 이사미도 남자니까 여자와 그렇고 그런 짓을 하고 싶어지는 마음은 이해할 수 있다. 하지만 만약 그랬다면 제대로 책임지기를 바랐다. 미즈시마 아키를 행복하게 해 주기를 바랐다.

이사미가 단순히 자기 욕구대로 여자와 자는 남자라는 점만은 인정하고 싶지 않았다.

"신경 쓰여?"

요후네가 말했다. 빗발이 조금 가늘어졌다.

"당연히 신경 쓰이지."

"괜찮아."

잠깐의 침묵 후에 요후네가 말을 이었다.

"하나코한테는 내가 있으니까."

'있으니까'라는 부분을 묘하게 강조했다. 빨간색 차 한 대가 요란하게 물보라를 일으키며 바로 우리 옆을 지나갔다.

"그게 무슨 뜻이야?"

내가 묻자, 요후네는 아무것도 아니라며 얼버무리듯 웃었다.

사토가 말을 걸어 온 것은 바로 다음 날 점심시간이었다.

점심시간에 나는 평소처럼 덕질에 열중하고 있었다. 백 나우의 신곡 뮤직비디오는 너무 멋져서 몇 번이고 재생하게 된다. 머릿속에 박힌 멜로디는 지금이라도 따라 부르고 싶을 정도였다.

그렇게 들뜬 기분일 때 사토가 눈을 반짝이며 내게 다

가왔다.

"쇼지랑 쓰키미야, 혹시 사귀어?!"

갑작스러운 말에 깜짝 놀랐다. 내 반응이 이상했는지 사토가 빠르게 말을 쏟아냈다.

"어제 내 친구가 쇼지랑 쓰키미야가 같이 집에 가는 걸 봤대. 평소에 교실에서 같이 있는 걸 거의 못 봤는데 언제부터 그런 사이가 됐어?"

악의 없는 말들에 나는 입만 뻐끔거릴 뿐이었다. 교실 안쪽에서는 사토와 친한 여자아이들이 이쪽을 보고 있었다. 내가 요후네와의 관계에 대해 어떻게 대답할지 궁금해서 못 견디는 모양이었다.

고등학생에게 같은 교실 안에서 벌어지는 연애는 연예인의 스캔들보다 훨씬 중요하다.

"솔직하게 말해 줘. 나 절대 아무한테도 소문 안 낼게."

"아, 어."

간신히 목소리를 짜냈지만, 더 이상 말이 나오지 않았다. 어쩌지. 요후네의 모습을 찾았지만, 어디에 갔는지 교실 안에는 보이지 않았다. 요후네가 나서서 우리는 그런 사이가 아니라고 단호하게 말해 주면 좋을 텐데.

아, 정말 한심하다. 이렇게 사소한 문제조차도 내 힘으로는 해결하지 못하다니. 사람을 피하며 살아온 대가를 지금 치르고 있는 기분이었다.

"쓰키미야를 좋아해? 좋아하는데 아직 안 사귀는 거면 내가 응원할게! 쇼지랑 쓰키미야, 진짜 잘 어울려."

사토의 반짝이는 눈빛에 아무 말도 못 하고 있을 때 이쪽으로 다가오는 인기척을 느꼈다.

요후네였다.

화장실에 다녀왔는지 손에 손수건을 쥐고 있었다.

"이제 그만해."

여자아이들은커녕 같은 반 남자아이들과도 이야기하는 것을 본 적 없는 요후네가 막힘없이 사토에게 말했다. 사토는 그 단도직입적인 말에 충격이라도 받은 듯 입을 떡 벌렸다.

"쇼지가 곤란해하잖아."

"곤란하다니, 왜?"

사토가 묻자, 요후네는 잠시 뜸을 들인 후 천천히 말

했다.

"나랑 쇼지는 너희가 상상하는 그런 사이가 아니야. 그냥 친구지. 혹시 남녀 사이에 우정은 있을 수 없다고 생각해?"

"아, 아니. 그런 건 아닌데……."

조용하던 요후네가 반의 핵심 인물인 사토를 말로 압도하는 모습은 통쾌했다. 이어서 요후네가 덧붙였다.

"알았으면 더 이상 추궁하지 마. 쇼지가 곤란해하는 모습은 보고 싶지 않으니까."

"아, 알았어."

사토는 황급히 말하고는 도망치듯 여자아이들이 모인 그룹 속으로 돌아갔다.

요후네가 내게 시선을 돌리고 웃었다. 나도 덩달아 입꼬리를 올렸다.

요후네는 정말 든든하고 멋진 남자아이이자 나의 첫 번째 친구다.

방과 후에 요후네의 제안으로 우리는 패스트푸드 가

게에 들어갔다. 학교에서 가장 가까운 역의 개찰구를 나오자마자 있는 가게라서 같은 교복을 입은 남녀 학생들이 가득했다. 창밖은 여전히 장마철답게 후텁지근한 비가 계속 내리고 있었다.

"다음에는 뭘 알고 싶어?"

각자 셰이크를 시키고 라지 사이즈 감자튀김을 나눠 먹는데 요후네가 감자튀김을 입가에 가져가며 물었다.

"그러게. 거의 다 조사해 버린 것 같아."

나는 초콜릿 맛 셰이크를 빨대로 쪽, 빨아올리고는 말했다.

"혈액형이 A형이라고 했는데 사실은 B형이라는 걸 알았을 때는 정말 놀랐어."

"B형은 눈치가 없다고 해서 이미지가 안 좋잖아."

"요후네는 무슨 형이야? 나는 A형."

"나도 A형."

이렇게 다른 사람에게는 아무래도 상관없을 정보조차 내게는 중요했다. 언젠가 이사미를 만나게 된다면 이렇게 말할 수 있을 것이다.

“혈액형, 사실은 B형이죠?”

그러면 이사미는 어떤 반응을 보일까.

“있잖아, 좀 심각한 이야기인데.”

내가 감자튀김 중 가장 바삭해 보이는 것을 집어 들며 말했다.

“이사미의 과거를 조사하면 뭐가 나올까?”

“궁금해?”

“응. 이사미는 데뷔 전 정보가 하나도 없거든.”

그렇다. 이사미가 이상한 점은 데뷔 전의 정보가 극도로 적다는 것이다. 백 나우의 다른 멤버들은 다녔던 학교나 친했던 친구, 활동했던 동아리, 가족 정보가 나오지만 이사미만 그런 것이 없다. 예전에 라이브 스트리밍에서 어렸을 때 사진을 가져오는 코너가 있었는데, 이사미는 중학교 때 화재로 집이 불에 타서 사진이 없다며 가져오지 못했다. 그때는 팬들 사이에서도 작은 논란이 일었다.

정말로 집에 불이 난 것이 맞는지에 대해서 말이다.

이 사건 때문에 이사미는 해외에서 자랐고 어떤 특별한 이유로 일본에 오게 된 것이 아니냐는 소문도 생겼다.

"후지카와 이사미, 중학교 시절로 검색해도 인터넷에는 아무것도 안 나와. 초등학교, 고등학교, 고향도 전부다. 아무리 그래도 이건 좀 이상하잖아."

"그러면 해킹해 볼까?"

요후네가 장난치는 아이 같은 목소리로 말했다.

"내 컴퓨터 성능이 좋거든. 이사미네 소속사 컴퓨터를 해킹해서 외부에 공개되지 않은 정보를 캐내는 것쯤은 쉬워."

"그런 것도 할 수 있어?"

감탄을 숨기지 못하는 목소리로 말하자, 요후네가 부끄러워하며 말했다.

"내 특기는 컴퓨터밖에 없으니까."

"그렇지 않아."

"진짜로 그냥 컴퓨터를 좋아하는 흔한 마니아일 뿐이야. 공부도 운동도 못 하고."

"우리 고등학교는 어느 정도는 성적이 돼야 입학할 수 있잖아? 입학시험에 합격한 것만으로도 대단하지."

나는 왜 이렇게 필사적으로 요후네를 격려하고 있을

까. 어느 순간부터 내 행동이 신기하게 느껴졌다.

요후네는 여전히 수줍은 목소리로 고맙다고 말했다.

패스트푸드 가게에서 두 시간쯤 수다를 떨고 나니 집에 돌아갈 무렵에는 하늘도 어두워져 있었다.

방에 널어둔 빨래를 정리하고 화장실과 욕실 청소를 하고 있자니 아빠가 돌아왔다. 아빠가 집에 오기 전에 저녁 준비를 해 두고 싶었는데. 하지만 아까 셰이크와 감자튀김을 먹어서 별로 배가 고프지 않았다. 오늘은 대충 만들어도 된다는 생각이 들어, 즉석 카레를 데우고 샐러드만 직접 만들었다.

끈적한 중간 매운맛 카레를 먹으며 아빠가 말했다.

"하나코, 남자 친구라도 생겼어?"

갑작스러운 말에 깜짝 놀라서 무심코 숟가락이 멈췄다.

"왜?"

"아니, 전에는 이렇게 늦게 들어오는 일이 없었으니까…… 미안하다. 아빠가 괜한 소리를 한 것 같네."

축 처진 눈썹으로 정말 미안해하는 표정을 짓기에 필

요 이상으로 어색해졌다.

남자 친구는 아니지만 성별이 남자인 친구가 생겼다고 말하면 분명 귀찮아질 것이다. 나와 요후네는 앞으로도 그런 사이가 될 일은 없지만, 주변 사람들은 있는 그대로 받아들이지 않을 테니까. 남녀가 친하게 지내면 왠지 모르게 대부분 그다음 단계를 상상한다. 세상에는 그런 사토 같은 사람이 더 많은 법이다.

"진짜 괜한 소리야."

아빠에게 상처를 줄 생각은 없는데도 그만 거친 말투가 나와 버렸다.

"새로운 친구가 생긴 것뿐이야."

"그렇구나. 그러면 그렇다고 말을 해 주지."

내 기분을 달래주려는 아빠에게 왠지 모르게 짜증이 났다. 그때 현관문이 열리는 소리가 들렸다.

"어머, 오늘은 카레야? 뭐야 이거. 즉석식품이잖아. 카레 정도는 직접 만들어."

엄마가 불평하며 식사 공간에 들어왔다. 오늘은 드물게 이 시간대에 귀가했다. 당연히 미리 연락은 하지 않았다.

배가 고픈지 냉장고를 들여다보는 엄마를 뒤로한 나는 다 먹은 접시를 싱크대에 두고 2층의 내 방으로 뛰어 올라갔다.

이렇게 심사가 뒤틀릴 때는 늘 그랬듯이 이사미의 얼굴을 마음껏 본다.

방 한쪽 구석의 책장 위에는 나만의 제단이 있다. 백 엔 숍에서 산 레이스 식탁보 위에 이사미의 솔로 싱글 CD를 올려두었다. 그 밖에도 백 나우의 뮤직비디오 모음집, 다큐멘터리 DVD, 라이브에서 구한 이사미 얼굴이 프린트된 머그잔과 이사미를 애니메이션 캐릭터로 귀엽게 디자인한 열쇠고리가 있다.

이것만으로는 조금 허전해서 백 엔 숍에서 이사미를 장식할 다른 물건들을 더 사 모았다. 파란색 유리 꽃병에 담긴 파란색 조화들. 파란 양초, 단추, 돌멩이, 비즈. 이사미의 멤버 컬러가 파란색이라 파란색으로 통일했다.

팬 중에는 방 전체에 이사미 포스터를 붙이는 사람도 있다고 들었다. 하지만 나는 방을 그렇게 꾸미는 데에는 조금 주저함이 있다. 종종 이 방에 이사미가 들어오는 장면을 상상하기 때문이다. 이렇게 귀여운 제단을 만드는 정도는 괜찮지만, 방 전체가 이사미로 도배되어 있으면 본인은 질색할 것이다. 게다가 갓 고등학생이 된 나는 아직 아르바이트도 하지 않아서 방을 채울 만큼 이사미 굿즈를 모을 경제력도 없다.

나는 제단 앞에서 싱글 CD 재킷 속 환하게 웃는 이사미에게 말을 걸었다.

있잖아, 이사미. 나 집이 하나도 즐겁지 않아. 요즘은 요후네가 있어서 학교 가는 것도 예전처럼 따분하지는 않지만, 집에서는 너무 답답해. 엄마는 잔소리가 심하고 항상 불평만 해. 아빠는 나를 어려워하고.

초등학교 때 심한 괴롭힘을 당했던 요후네에 비하면 내 처지가 훨씬 낫겠지? 그래도 나 자신을 조금은 불쌍하다고 생각해도 괜찮지 않을까.

갑자기 등 뒤에서 문이 열렸다.

"뭐 하니. 불도 안 켜고."

엄마가 그렇게 말하며 거칠게 전등 스위치를 눌렀다. 방이 갑자기 환해지자, 형광등의 눈부신 빛에 나도 모르게 눈을 찡그렸다.

엄마는 내 앞에 장식된 제단을 보더니 이쪽으로 다가왔다.

"정말이지, 고등학생이 되어서도 이런 것만 좋아하고."

수없이 들어온 날카로운 말이 새삼스럽게 마음에 박혔다.

"이런 데 쓰라고 용돈 주는 거 아니야. 엄마도 백 나우인가? 걔네 노래 들어봤는데 완전히 싸구려 같더라. 그런 걸 들으면 머리만 나빠져."

마음속에서 스멀스멀 검은 감정이 부풀어 올랐다.

그만해. 그 정도면 됐어. 더 이상 이사미를, 백 나우를 헐뜯지 마.

그런 나의 바람은 이루어지지 않았고, 엄마는 계속 말을 이어갔다.

"엄마가 보기에 후지카와 이사미는 시시한 남자야. 그렇게 잘생긴 것도 아니고, 저번에 드라마 나오는 걸 봤는데 연기도 딱히 잘하지 않잖아. 이렇게 젊은 나이에 그런 애한테 빠진 걸 보면 엄마는 정말 네 앞날이 걱정돼."

뭐야, 그게. 내 앞날이랑 이사미를 좋아하는 게 무슨 상관인데? 장래에 이사미의 신부가 되고 싶다. 그렇게 생각하는 게 뭐가 잘못됐어?

내게는 아무것도 이해하지 못하는 엄마에게 반박할 무기가 없었다. 주먹을 꽉 쥐고 입술을 깨물며 고개를 숙이는 내게 엄마가 결정타를 쏟아냈다.

"고등학생이 됐으면 멀리 있는 사람이 아니라 가까이에 있는 진짜 남자를 봐야지. 그래서 엄마가 네가 여고에 가는 걸 반대한 거야. 가짜 연애 말고 제대로 된 연애를 해서 하루라도 빨리 저 징그러운 취미는 때려치웠으면 좋겠어."

"가짜, 아니야."

그 말이 내가 할 수 있는 전부였다. 말을 잇는 순간 눈물이 왈칵 쏟아져 나왔다.

"내 마음을 부정하지 마. 징그러울 수도 있고 가까이 있는 사람을 좋아하는 게 맞을 수도 있지만, 그건 내 자유잖아? 좋아하는 마음은 어떻게 할 수 있는 게 아니라고. 엄마처럼 성공해서 잘나가는 사람은 내 마음을 절대 몰라!"

말을 쏟아내고 방을 뛰쳐나왔다. 엄마가 뭐라고 말했지만 들리지 않았다. 화장실로 달려가 문을 잠그고 흐르는 눈물과 콧물을 화장지로 닦았다.

이사미, 나 이런 집에서 빨리 나가고 싶어. 정말 싫어.

아빠도 엄마도 정말 싫어.

20분 정도 화장실에 있었을까. 어느새 집 안은 고요했다. 방으로 돌아오니 엄마는 이미 나가고 없었다. 우느라 체력을 소모해서 피로가 손발에 저릿하게 퍼졌다. 나도 모르게 침대에 몸을 던지고 스마트폰을 집어 들었다. 라인에 메시지가 딱 한 건 와 있었다. 요후네였다.

'해킹 성공했어. 내일 이야기하자.'

단순한 나는 기분이 들떠서 바로 답장을 보냈다.

분명 가까이에 있는 남자아이와 친하게 지내고 있지만, 엄마는 이런 관계를 인정하지 않겠지.

쉽게 만나고 헤어지는 연인 사이보다 끝이 없는 친구 사이가 훨씬 더 소중하다고 생각하는데.

도쿄 북쪽, 거의 사이타마埼玉 경계에 해당하는 지역 끝에 '그 시설'이 있었다.

'벚꽃 숲 동산'이라는 간판은 상당히 낡았을 뿐만 아니라 주황색으로 녹이 슬어 있었다. 울타리 틈새로 정원이 보였고 아이들이 신나게 떠드는 소리가 들려왔다. 정원에는 많은 식물이 심겨 있고 정문에는 접시꽃이 붉은 꽃을 피우고 있었다.

"정말로 이사미가 여기서 자랐어?"

그렇게 묻자, 요후네는 고개를 끄덕였다. 얼굴에서는 확신이 엿보였다.

"틀림없어. 소속사 컴퓨터에 있는 이사미 프로필에 여기 정보가 있었어. 이사미는 이 아동 보육 시설에서 자란 거야."

까르륵 웃음소리가 나며 아이들이 정문으로 나왔다. 한 아이가 나와 요후네를 알아채고 잠시 시선을 보냈지만, 곧 다시 친구들과 수다를 떨기 시작했다. 얼마 전까지 이사미도 이런 아이였다는 사실이 믿기지 않았다. 어떤 사람에게나 어린 시절은 있기 마련인데 말이다.

요후네가 걷기 시작했고 나는 그 뒤를 따라갔다. 일요

일 오후, 시설 안에서는 아이들이 자유롭게 놀고 있었다. 정원에 있는 모든 놀이기구에는 아이들이 매달려 있었다. 보육 시설은 큼직한 건물을 몇몇 보유하고 있었다. 꽤 큰 시설이라 아이들이 생활하는 기숙사도 여럿이었다.

화단을 가꾸는 20대 후반쯤 되는 남자에게 요후네가 말을 걸었다.

"안녕하세요. A 고등학교 신문부 학생입니다."

요후네는 우리가 다니는 학교가 아닌 다른 고등학교 이름을 댔다. 남자는 전혀 의심하는 기색 없이 요후네에게 응했다.

"사전 약속 없이 갑자기 찾아와서 죄송합니다. 지금 지역 취재를 하고 있는데 이곳 원장님과 이야기 나눌 수 있을까요?"

요후네는 진짜 신문부원처럼 마치 취재에 익숙하다는 듯이 능숙하게 말했다. 역시 요후네는 대단하다.

"원장님이라면 여기 계세요."

남자는 건물 안의 원장실로 우리를 안내했다. 학교 교장실과 비슷하지만, 훨씬 좁고 간소한 방이었다. 곧이어

원장님이 방으로 들어왔다. 흰머리와 검은 머리의 비율
이 7 대 3 정도인 60대로 보이는 할머니 선생님이었다.

"원장인 사쿠라입니다."

사쿠라 선생님이 차분한 목소리로 자신을 소개했다.
요후네는 입가에 은은한 미소를 띠었다.

"A 고등학교 신문부의 야마모토 쇼입니다."

다른 고등학교, 다른 이름. 나도 자기소개를 해야 했다.

"A 고등학교 신문부의 사토 노리코입니다."

술술 거짓말이 나와서 나 자신도 놀랐다. 사쿠라 선생
님은 우리를 조금도 의심하지 않고 앉으라고 권했다.

"지역 취재라고 들었는데, 어디서부터 이야기를 시작
하면 좋을까요?"

"이곳이 어떤 시설이고 아이들을 어떻게 양육하는지
말씀해 주시면 됩니다."

사쿠라 선생님은 고개를 끄덕이며 이야기를 시작했
다. 아이들의 일상생활, 시설에서 사는 아이들이 안고 있
는 배경. 요후네가 메모장을 꺼내서 펜을 움직이는 것을
보고 나도 똑같이 따라 했다. 우리는 미리 신문부 취재인

척하기로 약속해 두었다.

"부모와 함께 살 수 없는 아이들을 대하는 데에는 어떤 어려움이 있나요?"

"글쎄요. 그건 아이마다 달라서요. 부모님이 이혼해서 어느 쪽과도 살 수 없는 아이도 있고, 부모님의 병 때문에 떨어져 지내야 하는 아이도 있고, 모두 사정이 다르니까요. 그중에는 아기 때 부모에게 버려진 아이도 있었죠."

"후지카와 이사미 말인가요?"

요후네가 갑자기 핵심을 파고들었다. 사쿠라 선생님은 놀란 표정이었다.

"어떻게 그걸 알았나요?"

"소문이 있거든요. 백 나우의 후지카와 이사미가 아기 때 부모에게 버려져서 이 시설에서 자랐다는."

요후네 옆에 앉은 나는 몸이 화끈 달아오르며 솟아나는 땀을 멈출 수 없었다. 여기서 이상한 말을 하거나 사쿠라 선생님을 화나게 하면 끝장이다.

하지만 사쿠라 선생님은 감탄하듯 한숨을 내쉬었다.

"그런 소문이 돌고 있군요. 그 아이는 시설 출신이라는 것을 철저히 숨기느라 아기 때 부모에게 버려진 것도, 여기서 자란 것도 절대 밝히지 않았어요. 원장으로서는 그게 때로는 서운하기도 하지만요."

"이사미는 어떤 아이였나요?"

내가 묻자, 사쿠라 선생님은 잠깐의 침묵 후 이야기를 시작했다.

"그 아이에 관해서는 기사로 쓰지 말아줬으면 하는데요……. 여기서만 하는 이야기지만, 평범한 남자아이였어요. 밝고 활발하고 조금 장난기가 있는. 남자아이들과도 여자아이들과도 사이가 좋았고, 부모 얼굴을 아는 아이나 부모와 함께 살게 돼서 시설을 떠나는 아이가 있어도 자신을 비교하며 비관하지 않았어요. 다만 이곳 아이들은 외부 초등학교에 다니는데 거기서는 가끔 다툼이 있었던 것 같아요."

"다툼이요?"

이사미에게 말보다 주먹이 먼저 나간다는 이미지는 없었기 때문에 조금 의외였다. 사쿠라 선생님이 고개를 끄덕이며 말을 이었다.

"이야기를 들어보면 본인이 멋대로 착각해서 흥분해 버리는 느낌이었어요. 부모가 없다는 점이나 시설에서 산다는 점 때문에 '불쌍한 녀석' 취급을 당하면 갑자기 불이 들어오는 거죠. 상대 남자아이를 때리고 돌아와서 내가 학교까지 사과하러 간 적도 있었어요."

"이사미는 남들에게 불쌍하다는 말을 듣는 것을 싫어했군요."

요후네가 곱씹듯이 말했다.

"맞아요. 그때부터 자존심이 강한 아이였던 것 같아요. 지금도 자신의 배경을 솔직히 밝히지 않는 이유는 불쌍하다고 동정을 받아서 유명해지길 원하지 않기 때문일 거예요. 어설픈 감성팔이는 싫다는 뜻이겠죠."

"이사미답네요."

말하면서 이사미에게 사과하고 싶은 마음이 들었다.

별것 아닌 일로 자신을 불쌍히 여겼던 내가 한심했다.

미안해, 이사미. 나, 더 강해질게. 이사미처럼.

시설을 나선 후 역으로 향하는 길에 편의점에서 아이

스크림을 사 먹었다. 요후네는 소다 맛, 나는 바닐라 맛 아이스크림을 골랐다. 아직 6월이지만 당장이라도 매미 소리가 들릴 것처럼 무더운 날이었다. 아이스크림의 냉기가 목으로 스며들었다.

"어떤 생각을 했어?"

요후네가 조심스럽게 물었다. 나는 머리를 빠르게 회전시키며 할 말을 찾았다.

"이사미는 나 같은 사람보다 훨씬, 훨씬 강한 사람이라고 생각했어. 좋아하는 것도, 동경하는 것도, 사랑하는 것도 어쩌면 주제넘은 짓은 아닐까…… 그런 생각이 들 만큼."

나와 이사미의 다른 점은 서 있는 위치뿐만이 아니었다. 아예 인간의 본질적 강함부터 차원이 달랐다.

"좀 더 제대로 살지 않으면 이사미를 응원할 자격조차 없다는…… 그런 생각이 들었어."

"그렇구나."

요후네는 아이스크림 막대를 쓰레기통에 던져 넣고 말했다.

"우리 집에 갈래?"

"어?"

"집에 곧장 돌아가기엔 아직 너무 이르잖아?"

요후네 집에 들렀다가 돌아가도 엄마한테 혼날 만큼 늦은 시간은 아닐 것이다. 하지만 요후네의 의도를 알 수가 없었다. 자기 집에 초대해서 대체 뭘 하겠다는 걸까.

"미리 말해두지만, 딱히 이상한 의미는 아니야."

요후네가 당황한 듯 덧붙였다.

"이상한 짓을 할 생각으로 이런 말을 한 건 아니야. 그냥 조금 더 같이 있고 싶어서 그래. 내가 평소에 쓰는 컴퓨터 같은 것도 보여주고 싶고."

왠지 필사적인 요후네가 재미있어서 웃음이 터져 나왔다.

"왜 웃어?"

요후네가 불쾌하다는 듯 미간을 찌푸렸다.

"미안. 요후네가 재미있어서."

"뭐야, 그게. 웃기려고 한 말이 아닌데."

"나도 알아."

나도 아이스크림 컵과 나무 수저를 쓰레기통에 버리고 말했다.

"갈게, 너희 집."

요후네의 얼굴이 활짝 빛났다.

요후네의 집은 역에서 내려 버스를 타야 도착할 수 있는 거리에 있었다. 주변은 거의 산길이었고, 산에 사는 새인지 처음 듣는 작은 새의 울음소리가 울려 퍼졌다. 요후네의 집은 정원이 넓고 문간이 웅장해서 깜짝 놀랐다. 저택 같다고 말하자 요후네는 그냥 오래된 것뿐이라며 쓴웃음을 지었다.

요후네는 별채에서 생활하고 있었다. 현관과 부엌, 화장실도 딸려 있었다. 하지만 그것보다 내 눈길을 끈 것은 벽에 줄지어 늘어선 검게 빛나는 총들이었다.

"이거 진짜야?"

"설마. 전부 모델 건이나 가스 건이야. 장난감이지만 총알은 나가."

"총알."

"걱정하지 마. 서바이벌 게임용이니까."

요후네가 총알이 담긴 상자를 보여줬다. 이른바 BB탄이라 불리는 금속 구슬이나 플라스틱으로 만든 알록달록한 구슬이 가득 차 있었다.

"이런 거 사는 데 돈 꽤 많이 들지 않아?"

순수한 질문이었다. 평범한 고등학생이 가질 수 있는 취미가 아닐뿐더러, 요후네는 아르바이트를 하는 기색도 없었다.

"우리 집은 친척이 많거든. 명절만으로도 꽤 용돈이 많이 들어와. 나머지는 매달 용돈을 열심히 모으고."

그렇게 말하며 요후네가 모델 건 하나를 내게 내밀었다.

"이건 콜트 거버먼트. 여러 영화나 드라마에 나오는 가장 인기 있는 총이야."

"흐음."

"개조해서 BB탄이 꽤 강하게 나가. 한번 쏴 볼래?"

요후네는 흐뭇한 것을 보듯 놀란 내 얼굴을 들여다보았다.

✦

쓰키미야 요후네

✦

하나코에게 거버먼트 권총을 쥐여준 나는 잠시 망설이다 발터 P38을 집어 들었다. 그 유명한 〈루팡 3세(일본의 만화가인 몽키 펀치가 연재한 동명의 만화와 글을 바탕으로 제작한 애니메이션-옮긴이 주)〉가 애용하는 총이다.

태양은 제법 서쪽으로 기울어 뒷마당 나무들의 잎사귀는 오렌지색 저녁 햇살을 비추며 바람에 흔들리고 있었다. 하나코는 발밑에 잔뜩 자란 닭의장풀을 밟지 않으려고 조심스레 걸었다.

"대단하다. 집 가까이에 이런 곳이 있다니."

"그냥 시골이야."

나무도 풀도 꽃도 마구 자라도록 방치된 잡목림일 뿐

이다. 하나코는 도시에서만 자라서 그런지 이런 풍경이 신기한 모양이었다.

"아, 잠깐 멈춰 봐."

내 목소리를 따라 하나코가 움직임을 멈췄다. 떡갈나무 기둥에 둘이 몸을 숨긴 나는 살짝 고개를 내밀어 하나코에게 땅 위를 자박자박 걷고 있는 멧비둘기를 손가락으로 가리켰다.

"저거, 쏴 볼래?"

"어? 그래도 돼?"

하나코는 손에 든 거버먼트와 멧비둘기를 번갈아 바라봤다. 내게는 일상에 녹아든 평범한 사냥일 뿐이지만, 하나코에게는 처음이었다. 살아있는 존재의 목숨을 빼앗는다는 배덕한 행위에 죄책감을 느끼는 것이 당연했다.

"괜찮아. 그냥 비둘기잖아."

"그래도."

"어서, 서두르지 않으면 날아가 버린다니까."

망설이면서도 하나코는 멧비둘기를 향해 총을 겨눴다.

몇 초 동안 여전히 망설임이 얼굴에 떠올랐으나, 이윽

고 하나코는 눈을 꼭 감고 방아쇠를 당겼다.

탕, 하고 마른 소리가 주변에 울려 퍼졌다.

나는 조심스레 눈을 뜬 하나코의 어깨에 살며시 손을 얹었다.

"잘했어."

땅에 쓰러진 멧비둘기를 집어 들어 하나코 앞에 내밀었다. 하나코는 조심스러운 손길로 멧비둘기의 몸을 만졌다.

"따뜻하다."

"아직 살아 있으니까."

"진짜?"

"심장이 뛰고 있어."

"그렇구나. 다행이다."

하나코가 안도한 표정을 지었다.

"죽지 않아서."

맑게 갠 그 미소에서 나는 시선을 뗄 수 없었다. 너는 어쩌면 이렇게 순수하고 상냥하고 아름다울까.

"이거, 첫 사냥 성공 기념이야."

멧비둘기의 몸에서 떨어진 깃털 하나를 주워 하나코에게 건넸다. 하나코는 살짝 입술을 끌어올리며 기쁜 듯이 그것을 움켜쥐고 치마 주머니에 넣었다. 그리고 우리는 둘이 함께 멧비둘기를 묻었다.

이어서 우리는 한 시간가량 사냥에 열중했다. 산은 동물원이나 다름없는 야생 생물의 낙원이었다. 멧비둘기나 참새뿐 아니라 다람쥐와 족제비까지 나타났다. 하나코는 낯선 동물들의 모습에 일일이 흥분하며 방아쇠를 당기는 것을 즐기는 듯했다.

반짝이는 무구한 미소가 터져 나올 때마다 이 아이에게 기쁨을 주고 있는 나 자신에게 옅은 만족감을 느꼈다. 좋아하는 사람이 내가 좋아하는 것을 받아들여 준다는 사실이 더할 나위 없이 기뻤다.

"이거, 스트레스 해소에 딱 좋구나."

놀다 지쳐 풀밭 위에 둘이 나란히 누웠을 때 하나코가 말했다. 하나코의 아담한 가슴이 호흡할 때마다 위아래로 움직였다.

"처음에는 새들이 불쌍하다고 생각했는데 점점 감각

이 마비되는 것 같아. 다들 너무 쉽게 픽 쓰러져 버리니까. 내가 신이라도 된 듯한 기분이야."

"그게 이 놀이의 매력이지."

"그러네. 재밌으니까."

대자로 누워서 늘어트린 하나코의 손이 내 손에서 아주 가까웠다. 그것을 잡고 싶은 욕망과 억누르는 자제심이 마음속에서 서로 다투었다.

손을 잡아 버리면 지금까지처럼 편안한 관계로 있을 수는 없을 것이다. 하나코에게 나는 어디까지나 이사미를 좋아하는 동지일 뿐이다.

그래도 잡고 싶었다. 그 하얗고 가는 손에 내 손을 얽어 쥐고 싶었다. 그리고 전하고 싶었다.

널 좋아한다고.

바스락거리는 소리와 함께 성큼성큼 걷는 발소리가 다가오자 우리는 정신을 차렸다. 나는 벌떡 몸을 일으켰고 하나코도 몸을 일으키려던 순간, 나무들 너머로 불쑥 아버지가 얼굴을 내밀었다.

"이런 곳에서 뭘 하고 있는 거냐."

날 선 눈빛으로 나를 보고 이어서 하나코를 보았다. 옆에 있는 하나코가 겁을 먹은 것이 느껴졌다.

"요후네 친구냐?"

아버지의 날카로운 목소리에 하나코는 허둥지둥 고개를 숙였다.

"쇼지 하나코라고 합니다. 요후네의 같은 반 친구예요. 갑자기 놀러 와서 죄송합니다."

고등학생치고는 예의 바르고 완벽한 인사였지만, 아버지는 언짢다는 듯이 힐끗 나를 쳐다볼 뿐이었다.

"우리 집은 곧 저녁 식사 시간이니까 너도 어서 돌아가거라."

"네, 이만 가보겠습니다."

그 후, 나는 하나코를 버스 정류장까지 배웅했다. 조금 전까지의 즐거운 시간이 거짓말처럼 우리 둘 사이에는 어색한 침묵이 감돌았다.

하나코에게 나와 아버지의 사이가 좋지 않다는 것을 들켰을지도 모른다. 경솔했다. 오늘은 일요일이니 당연히 아버지가 집에 계시는데. 집에 부르는 게 아니었다.

"잘 가."

버스 정류장에 도착한 하나코가 손을 흔들고, 우리는 그렇게 헤어졌다. 십 미터쯤 걸어가다가 뒤를 돌아보니 하나코는 이미 나를 보지 않고 있었다. 스마트폰 화면에 몰두한 옆모습이 애달픈 것을 보니, 틀림없이 그 눈동자는 화면 속 최애를 보고 있을 것이다.

결국 하나코를 구할 수 있는 것은 내가 아니라 후지카와 이사미였다.

집에 돌아오니 문 앞에서 기다리고 있던 아버지가 그대로 내게 다가와 주먹을 휘둘렀다. 주먹으로 뺨을 세게 맞은 나는 고통을 참지 못하고 그 자리에서 몸을 웅크렸다.

"지금껏 애처럼 굴더니 갑자기 여자에 눈을 뜬 거냐. 부모 허락도 없이 여자를 집에 끌어들이고. 대체 안에서 무슨 짓을 했어?"

대답하기도 전에 발길질이 날아왔다. 머리를 감싸고 몸을 웅크린 채 폭풍이 멈추기를 기다렸다.

"아무것도 안 했어. 그냥 총을 보여주고 산에서 쏘기

만 했다고.”

“네 그 이상한 놀이에 그 아이를 끌어들였다고?”

발길질은 더욱 거세지며 오른쪽에서도 왼쪽에서도 쏟아졌다. 나는 고통을 그저 견딜 수밖에 없었다. 입안이 찢어지는 감촉과 함께 혀 위로 거친 쇠 맛이 퍼졌다.

“네 엄마가 그러지 말라고 해서 그냥 두는 것뿐이지, 내가 마음만 먹으면 네가 모은 그 끔찍한 컬렉션을 버려버릴 수도 있어. 도대체 하라는 공부는 제대로 안 하고, 이상한 취미에 빠져서 남까지 끌어들이다니. 너는 왜 미스미처럼 멀쩡하게 자라지 못하는 거냐.”

그것은 아버지가 그렇게 키우지 않았기 때문이다. 어릴 때부터 아버지는 항상 밝고 눈치 빠른 미스미만 예뻐하고 나를 깎아내렸다.

입만 열면 요후네는 안 된다는 말만 되풀이했다. 그래서 나도 총이라도 쏘면서 현실에서 도피하고 싶었다. 당신이 없는 곳으로 도망치고 싶었다.

넘치는 속내에 뚜껑을 덮고 폭력과 질책을 묵묵히 견뎠다.

족히 수십 분은 맞고 걷어차인 후에 아버지는 뱉어내 듯이 말했다.

"저녁은 굶어라."

그 말만 남기고 현관 쪽으로 걸어갔다.

"내일 아침까지 혼자서 반성해."

쾅, 하며 거칠게 현관문이 닫히는 소리가 났다.

느릿느릿 몸을 일으켜 별채로 향했다. 이불 위에 몸을 눕힌 채 온몸의 상처를 확인했다. 입안뿐만 아니라 얼굴도 여기저기 아팠다. 등에도 타박상이 있는지 여러 곳이 통증을 호소했다.

상처를 치료해야 했다. 구급상자는 옷장 안에 있다. 몸을 일으키자, 배 속에서 꼬르륵 맥 빠진 소리가 났다. 나는 배가 고프다는 것을 깨닫고 쓴웃음을 지었다. 벌써 저녁 식사 시간이었다.

주방의 가스레인지 아래 수납공간에는 컵라면이 몇 개 쌓여 있다. 그중에서 가장 푸짐해 보이는 것을 골라 뜨거운 물을 부었다. 3분을 기다려 후루룩 면을 먹다가 눈물이 나왔다. 눈물만으로는 부족했는지 도중에 콧물까지 줄줄 흘러나와 휴지로 닦아도 따라잡을 수가 없었다. 눈물과 콧물이 면에 엉겨 붙어 더럽다고 생각하면서도 슬픔과 함께 그것을 삼켰다.

언제까지 나는 이런 곳에 갇혀 지내야 하는 걸까. 빨리 어린 시절에서 벗어나고 싶다. 빨리 집을 나가 마음껏 총을 쏠 수 있는 환경에서 지내고 싶다. 하지만 고등학교 졸업과 동시에 집을 나간다고 하면 틀림없이 아버지는 또 반대할 것이다.

내 인생은 열다섯 살에 이미 답이 없었다.

가족이 잠들기를 기다렸다가 발터 P38에 탄환을 채우고 집을 나섰다. 또 들킬까 봐 살금살금 문을 나서서 평소의 사냥터가 아니라 집 근처의 공터라고 불리는 잡목림으로 향했다.

하늘 한가운데에는 흰 달빛이 희미하게 번져 있었지만, 그 빛은 거의 지상까지 닿지 않았다. 칠흑 같은 어둠 속에서 나는 무차별 살인마처럼 총을 난사했다. 궤도 따위는 제대로 생각하지 않고 마음이 내키는 대로 마구 쏘아댔다.

곧 내 주변으로 생명의 껍데기가 떨어져 내렸다. 나무 열매나 나뭇잎 같은 사소한 것부터 들쥐나 날다람쥐의 몸통까지. 쏟아지는 생명의 잔해에 흥분한 나는 방아쇠를 당기는 손에 한층 더 힘을 줬다.

전부, 전부, 전부전부전부.

다 죽어 버려.

나는 더 큰 것을 쏘고 싶었다.

거대한 생명을 빼앗고 싶었다.

인간을 쏘면 얼마나 기분이 좋을까.

정신을 차려보니 동쪽 하늘이 밝아오고 있었다.

나는 발터 P38을 한 손에 들고 집으로 돌아왔다.

얼굴의 상처를 반창고로 가리고 등교했지만, 사람들의 시선이 따가웠다. 모두가 내 상처를 손가락질하며 쓰키미야 주제에 싸움이라도 했냐며 비웃는 듯했다. 그런 망상에 사로잡혀 있으니 늘 정신적으로 피곤했다.

아침에 교실로 들어선 하나코는 곧바로 내 상처를 알아채고 곤란한 듯 바라보더니 자신의 자리에 앉았다. 평소처럼 스마트폰을 꺼내는 하나코의 옆모습은 여전히 진지했다. 분명 지금도 후지카와 이사미를 보고 있을 것이다.

그에게 자신이 가진 사랑을 전부 쏟아붓는다. 나는 하나코의 그런 점이 좋았다.

점심시간에 화장실에 가다가 복도에서 하나코와 마주쳤다. 하나코는 주위에 같은 반 친구가 아무도 없는 것을 확인하고 내게 말을 건넸다.

"상처, 괜찮아?"

"반창고가 큰 것밖에 없어서 좀 과장되게 보이는 거야. 괜찮아. 이제 안 아프니까."

"그거 아빠한테 맞은 거지?"

나를 보는 토끼처럼 동그란 눈에는 걱정이 가득했다. 숨길 필요도 없기에 솔직하게 고개를 끄덕였다.

"정말이지 곤란해. 나도 이제 고등학생인데 틈단 나면 폭력을 쓴다니까."

하나코는 대답하지 않았다. 내가 가벼운 말투로 건넨 말이 겉도는 기분이 들었다.

그대로 둘이 창밖을 내다보았다. 운동장에서 동급생들의 시끄러운 소리가 들렸다. 2층에 있는 이 창문 바로 근처까지 배구를 즐기는 학생들이 던지는 하얀 공이 올라왔다.

우리와는 전혀 상관없는 곳에서 펼쳐지는 전형적인 청춘이었다.

나도 하나코도 학부모 교사 연합회가 권장하는 고등학생다운 학창 시절을 보내는 사람들과는 평생 접점이 없을 것이다.

"저기, 만약에."

내 말에 하나코가 천천히 반응했다. 나를 보는 듯 보지 않는 듯한 크고 검은 눈동자.

"만약 딱 한 사람을 죽여도 된다면 누구를 죽일 거야?"

"뭐야, 그게."

하나코는 웃었다. 어이가 없다며 내 말을 일축해 버릴 듯한 경쾌한 웃음소리였다.

"그런 일이 가능할 리가 없잖아."

"만일 그렇다면 말이야."

웃음을 거둔 하나코의 표정이 진지해졌다. 그러고는 황홀한 듯 눈을 가늘게 떴다.

"만약 그런 일이 가능하다고 가정한다면, 어디까지나 만약에 불과하지만 역시 이사미가 아닐까."

"이사미를 좋아하는데도?"

하나코는 고개를 끄덕였다.

"나 있지, 진심으로 이사미의 신부가 되고 싶거든. 절대 이루어질 수 없는 꿈이라는 걸 알고 있지만. 그래서 그 꿈을 누군가에게 빼앗기느니 차라리 그전에 이사미를 죽이고 싶어. 이상해?"

"이상하지 않아."

하나코가 안심한 듯 입술의 힘을 풀었다.

"그러면 죽일래?"

그렇게 말하자, 하나코는 벼락이라도 맞은 듯한 얼굴로 뚫어지게 나를 바라봤다.

후지카와 이사미

히노데 텔레비전의 대기실 안 공기는 축축하고 탁했다. 바깥도 장마철이니 어쩔 수 없지만, 실내 공기마저도 답답했다. 에어컨을 조금 더 세게 틀면 훨씬 나을 텐데 연예인을 상대로 그런 배려조차 없다. 방송국에서 연예인은 어디까지나 프로그램을 띄우기 위한 단역이다. 주인공은 프로그램이고 우리에게는 그저 들러리 역할만 주어질 뿐이다.

"오늘 녹화는 다이가가 주연인 드라마의 홍보도 겸하고 있어."

다섯 명이 준비를 마친 후 구시카와가 심각한 표정으로 말했다. 우리는 촌스러운 방송용 의상을 입고 정말 필요할까 싶을 정도로 완벽하게 화장도 했다.

"부르는 노래가 드라마 주제곡이니까. MC도 그 부분을 언급할 테니 이야기를 잘 맞춰 줘."

구시카와가 내게 의미심장한 시선을 보냈다. 나는 알겠다고 눈짓으로 고개를 끄덕이는 척하며 속으로는 옆에서 미소를 짓고 있는 다이가에게 악담을 퍼부었다.

외모, 연기력, 심지어 운까지 타고나 배우 일을 끊임없이 늘려가는 다이가. 곧 시작될 드라마도 이 녀석의 인기에 의존한 얄팍한 내용이라고 했다. 경박한 분위기 메이커임을 전혀 숨기지 않는데도, 오히려 '경박해도 인기는 1위'라는 이미지가 굳어진 남자.

나는 그가 빨리 불행해지기를 바랐다.

빨리 인기가 떨어져서 어떤 프로그램이나 드라마에서도 안 부르고, 덤으로 위험한 스캔들이나 하나 터져 버려라. 폭력 사건이든, 약물 사건이든, 수상한 사이비 종교든, 뭐든 저질러서 이 세계에 있을 권리를 스스로 포기해버리라고. 네가 있는 동안은 내가 빛날 수 없으니까.

이사미라는 내 이름이 너무 어울리지 않아서 웃음이

났다. 나는 그 유명한 곤도 이사미 같은 사무라이와는 거리가 멀다. 끝없이 남을 부러워하고 질투하며 깎아내리는 옹졸한 마음의 소유자다.

이윽고 생방송이 시작됐다. 20년 넘게 생방송으로 진행되는 이 프로그램에는 게스트로 아티스트가 다섯 팀 출연한다. 첫 번째 팀은 우리와 비슷하지만 약간 어린 신인 남성 유닛. 두 번째 팀은 중견 여성 아이돌 그룹. 세 번째 팀은 중고등학생에게 인기인 여성 싱어송라이터. 네 번째 팀은 베테랑 록 가수. 마지막으로 MC와 대화하고 노래와 춤을 선보이는 팀이 우리 백 투 더 나우다.

"백 나우에서 연기를 가장 잘하는 건 이사미 씨잖아. 이사미 씨는 다이가 씨의 연기를 어떻게 생각해?"

지금은 거의 방송에서 개그를 선보이지 않는 유명 개그맨 MC가 내게 화제를 던졌다. 드라마 홍보 방송이니 여기서 다이가의 연기를 깎아내리는 발언은 절대로 해서는 안 된다.

"잘한다고 생각해요. 그런 표정은 쉽게 안 나오니까요. 천부적인 재능이 느껴진다고 해야 하나."

그렇게 말하며 다이가를 봤지만, 다이가는 내 발언 직전에 생긴 잠깐의 틈을 놓치지 않았다.

"뭐야, 방금 어떻게 말해야 분위기를 안 깨고 넘어갈 수 있을지 생각하면서 말했지? 나는 다 알아. 그렇게 말하면서 속으로는 자기가 더 잘한다고 생각하잖아."

"그런 생각 안 했거든."

까르륵 소리를 내며 후지가 웃었다. 이 녀석의 새된 웃음소리는 이럴 때 특히 내 분노 지수를 자극했다.

"이사미 씨랑 다이가 씨는 라이벌이야?"

MC가 그런 말을 꺼내자, 다이가가 억지로 어깨동무를 했다. 헤어젤의 민트 향이 콧속을 톡 쏘며 자극했다. 어깨에 실린 힘이 아팠다.

"라이벌이요? 그런 거 아니에요. 저랑 이사미는 엄청 친해요. 그렇지?"

억지로 동의를 구하는 다이가가 짜증났다. 코 깊숙한 곳을 찌르는 그의 민트 향이 짜증 났다. 당장이라도 뿌리치고 싶은 다이가의 팔을 떨쳐내지 못하고 나는 그저 미소를 지었다.

"이사미, 얼굴 굳었잖아."

후지가 재미있다는 듯 말했다.

"무리하지 마, 이사미."

이럴 때는 멤버들을 중재하는 역할인 유키마저 이런 말을 한다. 나를 걱정스럽게 바라보는 건 히로히토뿐이다.

"아하하. 이사미 씨, 얼굴 너무 굳었네. 역시 붙어 있으려면 히로히토 씨 쪽이 좋은가?"

"저랑 히로히토는 그런 사이 아니에요."

거의 책을 읽듯이 뱉은 내 말에 관객석에서 와르르 웃음이 터져 나왔다.

그 후에 곡을 선보일 때도 내 상태는 최악이었다. 센터는 평소처럼 다이가였기에 단지 다이가를 돋보이게 하면 그만인데도, 누가 봐도 티가 나는 심각한 실수를 몇 번이나 저질렀다.

팔도 다리도 내 마음대로 움직이지 않았다. 필사적으로 외운 안무가 멜로디와 함께 사라져 버린다. 초조해서 실패를 만회하려고 필사적으로 몸을 움직이면 움직일수록 더 큰 구렁에 빠져들었다.

고행에 가까운 녹화가 끝난 후 나는 곧바로 구시카와에게 호출당했다.

"지기 싫어하는 마음은 좋지만 그걸 좋은 방향으로 사용해야지. 방송에서 그런 표정을 지으면 안 된다는 것쯤은 알잖아."

"죄송합니다."

전부 내 잘못이다. 사과할 수밖에 없었다. 구시카와는 다이가가 거기서 어깨동무를 한 것이 MC의 '라이벌' 발언을 무마하기 위한 행동이었다고 생각할 것이다. 그렇다 해도 나는 할 말이 없다. 다이가는 구시카와 앞에서는 자신의 못된 성격을 자연스럽게 감추고 착한 아이인 척하니까.

"멤버끼리 굳이 지나치게 가까이 지낼 필요는 없지만, 팬들이 사이가 나쁘다고 생각해서 좋을 게 없어. 다음부터는 잘하도록 해."

"주의하겠습니다."

구시카와가 나를 보는 눈빛에는 화를 내면서도 한심해하는 기색이 섞여 있었다. 구시카와는 내 비굴한 성격을 알고 있어서 구태여 다이가랑 잘 지내라는 말은 하지 않는다. 하지만 이상하게 나를 배려하는 듯한 말을 들으니 더욱더 비참해졌다.

대기실 안은 화려한 공기로 가득했다. 오늘은 '회원 한정 대기실 방문 이벤트'가 있는 날이었다. 팬클럽 회원 중에서도 특히 돈을 많이 쓰는 큰손들만 초대되는 기획이다. 한껏 꾸민 몇 명의 여자가 모여서 다이가나 후지와 찰칵찰칵 사진을 찍고 있었다.

"다이가랑 후지는 정말 대기실에서도 사이가 좋네요."

"뭐, 그렇지. 누구 씨한테는 지지만."

다이가가 그렇게 말하며 능글맞게 나를 쳐다봤다. 여자들이 깔깔깔 웃었다. 관자놀이를 욱신욱신 꿰뚫는 분노에 나도 모르게 입술이 일그러지자, 그걸 아무렇지 않게 여기는 얼굴로 다이가가 스마트폰을 들이댔다.

"어떡할 거야. 너 때문에 우리 둘이 BL 망상의 먹잇감이 됐잖아."

조금 전의 생방송 이후, SNS는 #다이이사 태그와 함께 나와 다이가의 관계를 의심하는 BL러들의 글로 난리였다.

‘이사미가 싫어하는 표정인 게 또 은근히 웃겨.’

‘처음엔 싫어하다가 점점…… 응? 하고 반응하게 되지 않을까.’

‘“좀 더 살살 해 줘, 다이가!”, “바보야, 살살할 수 있을 리가 없잖아.”, “아아, 좋아!”’

‘이사히로 커플도 좋지만 다이이사도 좋음.’

등골을 타고 올라오는 감정은 분노가 아니었다.

나는 이렇게 BL러들의 비위를 맞추지 않으면 백 나우에서 활동할 수 없는 건가.

시시한 무리를 위해 BL 망상을 깎아내리는 대신 웃어넘겼다. 이런 짓을 언제까지 계속해야 할까.

“제발 좀 봐줘. 너랑 히로가 뜨거운 사이인 건 우리 모두 인정하니까 괜찮지만, 나는 너랑 엮이기 싫다고.”

“나도 싫어!”

충동적으로 다이가의 멱살을 잡았다. 여자들이 꺅 소리를 질렀고 멀리서 보고 있던 유키와 히로히토가 다가왔다. 다이가 옆에 있던 후지는 재빨리 내게서 도망쳤다.

“뭐 때문에 내가 네 들러리 노릇을 해야 하냐고! 나도 감정이 있고, 생각이 있고, 의지가 있어!"

"야, 일단 진정……."

"난 진정한 상태야!"

나는 감정에 몸을 맡기고 다이가의 턱에 주먹을 내리꽂았다. 뼈가 삐걱대는 소리와 함께 다이가가 욱, 하고 신음했다. 주변에서 여자들이 다시 새된 비명을 질렀고, 히로히토는 구시카와를 부르러 복도로 나갔으며, 유키와 후지가 나를 말리려고 달려왔다. 유키와 후지에게 제압당할 때까지 나는 다이가를 세 번 더 후려갈겼다.

다이가의 부상은 별로 대단하지 않았다. 입안이 찢어졌고 멍도 들었지만, 반창고로 가리면 문제없는 수준이었다. 하지만 내일 예정된 드라마 촬영은 연기되고 원인을 제공한 나는 구시카와에게 한참 동안 귀에 못이 박히도록 설교를 들었다.

"다이가에게 라이벌 의식을 느끼는 건 어쩔 수 없어. 하지만 폭력에 호소하는 건 오히려 네 품위를 떨어트리기만 한다고. 게다가 팬들도 보고 있는데 왜 그 타이밍에 그런 짓을 해? 일단 입단속은 했지만, 그것도 언제 터질지 몰라. SNS에 조금이라도 언급되면 끝장이야. 다이가는 며칠 동안 얼굴에 반창고를 붙이고 지내야 하고, 주간지에 특종이라도 터지면 네 이미지는 하락하겠지. 나라고 널 괴롭히고 싶어서 이런 말을 하는 게 아니야. 네가 성공하고 싶어 하고, 다이가를 넘어서고 싶어 하는 마음을 잘 아니까. 하지만 그렇다고 이런 짓을 해봤자 아무것도 해결되지 않아. 그건 너도 알지?"

구시카와의 말에 가끔 맞장구를 치며 죄송하다는 말을 반복했다. 멀리서 상황을 살피던 히로히토가 걱정스러운 시선으로 나를 바라보았다.

구시카와의 말대로 내 감정적인 행동은 명백한 잘못이었다. 그때 보고 있던 팬들이 SNS에 글을 올리면 나의 이미지 하락은 피할 수 없다. 며칠 동안 반창고를 붙이고 지내는 다이가의 사진이 주간지에 실리기라도 하면 온 세상이 이게 대체 무슨 일이냐며 떠들어 댈 것이다. 하지만 내 어리석음을 저주하는 동시에 왜라는 생각도 들었다.

어째서 저런 녀석이 보호받고 내가 비난받아야 하는 거지? 자유롭게 마음껏 살아갈 권리는 인류에게 동등하게 주어져야 하지 않나.

유명세와 맞바꿔 자기 생각을 억누르고 살아야 한다니. 나는 인형이나 다름이 없다. 실제로 팬들에게 나는 살아 있는 인형이다. '동양풍 꽃미남'인 후지카와 이사미를 동경하고, 사랑하고, 신처럼 떠받들며, 사랑의 대가로 돈을 쓴다. 그런 장사라는 것은 알고 있지만, 이렇게까지 억압받는 것은 받아들이기 힘들었다.

차라리 나도 다이가처럼 진짜 내 모습을 그대로 드러내 볼까. 질투심 많고 속이 시커먼 미남 캐릭터로. 그런 캐릭터는 인기가 없다고 구시카와가 딱 자를 테지만.

집에 돌아온 것은 자정이 지난 시간이었다. 남성 에스테틱 숍을 부를 기력도 없어 침대에 누워 굳이 내 이름을 검색했다. 다이가가 말했던 대로 SNS에는 나와 다이가의 커플링으로 달아오른 BL러들의 게시물이 많았다. 그다음으로 많은 게시물은 프로그램 토크에서 내가 다이가의 연기를 칭찬했던 부분이었다. 내 말이 진심이 아니라는 것은 시청자들에게도 전해진 모양이었다.

'남자의 질투는 여자보다 추하다고 하는데, 후지카와 이사미는 메구로 다이가를 질투하고 있구나. 뭐, 자기 얼굴이 그 수준인데 다이가가 저렇게 잘생겼으니 어쩔 수 없겠지.'

'후지카와 이사미가 연기를 잘한다고 해도 그렇게 대단하지는 않잖아. 다이가의 연기력을 위에서 내려다보듯이 평가하는 발언은 좀 아닌 것 같아.'

'이사미는 그릇이 작네. 저렇게 칭찬하는 척만 하는데도 이사미를 자연스럽게 감싸주는 다이가의 인간성을 좀 봐. 역시 내 최애는 다이가야.'

대중적인 인기로 따지면 뭘 하든 다이가의 평가가 높은 것은 이해할 수 있지만, 이번에는 다이가의 평판이 오르는 만큼 내 평판이 곤두박질치고 있었다. 안전한 곳에 숨어 무책임하게 나를 비난하는 놈들의 목덜미를 붙잡고 끓는 물에 처넣고 싶었다.

세상은 나를 중심으로 돌아야 한다. 나를 비난하는 놈들은 살아 있을 권리 따위 없다. 전부 다 죽는 것이 세상의 이치다. 덤으로 다이가를 지지하는 놈들도 같은 죄다. 전부 다 화형에 처하면 쓸모없는 인간들이 죽고 이 세상의 질서도 되돌아올 것이다.

구시카와가 들으면 분노로 얼굴이 폭발할 법한 생각을 하며 내 의식은 흐릿한 잠 속으로 빠져들었다.

구시카와에게 전화가 온 것은 아침 여덟 시 반이었다.

아직 자고 있을 시간이라는 것을 알기에 구시카와는 나를 배려하는 듯한 말투로, 하지만 재빠르게 용건을 전달했다.

"좀 급하게 할 이야기가 있으니까 사무실로 와 줘. 가능한 한 빠를수록 좋아. 저녁 촬영 전에 처리해 버리고 싶거든."

오늘은 모처럼 점심까지 잘 수 있다고 생각했는데. 잠이 부족해서인지 기분이 더욱더 언짢아졌다. 냉장고에 넣어둔 젤리 음료로 몇 초 만에 아침 식사를 때우고, 세수와 양치질을 마친 후 수염을 깎았다. 면도 직후의 까칠까칠한 불쾌한 감촉이 피부에 맴돌았다.

택시를 타고 곧장 사무실로 향하자, 구시카와가 어딘가 수상쩍은 태도로 나를 맞이했다.

"오전에 불러내서 미안해. 그냥 전달만 해도 된다고 생각했는데, 그쪽도 너랑 직접 이야기하고 싶다고 해서 말이야."

"아, 네."

무슨 용건인지 몰라 제대로 상황을 파악하지 못한 내 앞에서 구시카와가 다른 스태프에게 부탁해 전화를 연결했다. 스마트폰을 스피커로 바꾸자 익숙한 목소리가 튀어나왔다.

"여보세요. 이사미니?"

"사쿠라 선생님."

뜻밖의 인물이 등장했다. 데뷔하고 고등학교를 졸업하고 나서는 단 한 번도 내가 자랐던 시설에 찾아가지 않았다. 친어머니나 다름없는 사쿠라 선생님에게 도리를 다하지 못했지만, 시설 출신이라는 것은 다른 멤버에게도 밝히지 않은 나의 최고 기밀이었다.

"그쪽은 별일 없고?"

"덕분에…… 매일 건강하게 잘 지내고 있어요. 사쿠라 선생님도 건강하신 것 같아서 다행입니다."

"나는 잘 지내지. 이사미한테 연락이 없어서 외롭기는 했지만, 딱히 걱정은 안 했어. 방송에서 늘 활약하는 모습을 보고 있으니까."

철이 들었을 무렵부터 나를 지켜보며 칭찬하고, 꾸짖고, 다정하게 타이르고, 함께 웃으며 시간을 보냈던 그때와 같은 목소리였다. 그때보다 약간 활력이 없어진 느낌이지만, 세월이 만들어낸 잔혹한 업보이리라.

"무슨 일이에요? 사쿠라 선생님께서 굳이 소속사에 전화를 거시다니."

"실은 얼마 전에 좀 신경 쓰이는 일이 있었거든."

"신경 쓰이는 일이요?"

갑자기 사쿠라 선생님의 목소리가 가라앉았다. 다음에 나올 내용을 알고 있는지 구시카와의 표정도 심각해졌다.

"지난번에 A 고등학교 신문부에서 두 아이가 취재를 한다고 우리 시설에 왔어. 그런데 그 아이들이 이사미가 우리 시설 출신이라는 것을 알고 있더라고."

반짝 소리를 내며 눈꺼풀 안쪽이 터지는 듯했다.

그 아이들은 어떻게 내가 시설 출신이라는 것을 알았을까? 소속사에서는 내 뜻에 따라 보육 시설에서 자랐다는 사실을 숨기고 있다. 그러니 소속사 외에는 현재 내 과거를 아는 사람은 아무도 없어야 한다.

"어떻게…… 그 아이들이 그걸 알았을까요?"

"그런 소문이 있다는 이야기를 들었다고 하던데. 도무지 믿을 수가 없어서 말이야. 혹시라도 이사미에게 무슨 위험한 일이라도 생길까 싶어서 소속사에 연락했어. 미안하다, 바로 연락해야 했는데."

"아뇨, 그건 괜찮아요."

초조함이 말문을 막았다. 뇌리에 어른거리는 것은 골든 위크 때 맨션 입구에 나타났던 그 여자애였다. 그 옆에는 남자애도 있었다.

만약 그 두 사람이 신문부라고 거짓말을 하고 사쿠라 선생님에게 접촉했다면, 그들의 목적은 도대체 무엇일까.

"참고로 그 둘은 여자였나요, 남자였나요?"

"고등학생 정도의 남녀 두 명이었어. 여자애는 사토 노리코, 남자애는 야마모토 쇼라고 했고. 나중에 A 고등학교에 문의했더니 신문부는커녕 교내에 같은 이름의 학생은 없다고 하지 뭐니."

모든 것이 우려했던 방향으로 연결되면서 호흡이 가빠졌다. 심장 박동을 진정시키려고 가슴을 눌렀지만 심장과 폐가 헐떡였다. 붉게 달아오른 내 얼굴을 보고 걱정스러웠는지 구시카와가 보리차를 가져다줬다.

"오늘 왜 불렀는지 알았지?"

사쿠라 선생님과의 통화가 끝난 후 구시카와가 내 앞에 털썩 앉았다. 나는 보리차를 마시며 동요를 가라앉히고 한 번 봤을 뿐인 여자애와 남자애의 모습을 선명하게 떠올리려 애썼다.

기억 속 두 사람의 모습은 흐릿해서 얼굴이 떠오르지 않았다.

"뭔가 짐작 가는 구석이 있어? 이상한 팬 메일이 왔다거나."

"하나…… 있어요."

구시카와가 몸을 앞으로 내밀자, 나는 골든 위크 때 한 번 봤던 여자애와 남자애의 이야기를 꺼냈다. 구시카와는 오른손 검지와 중지로 책상 모서리를 두드리며 묵묵히 그 이야기를 들어 줬다.

"확실히 가능성은 있어."

"저는 어떻게 해야……."

"지금 단계에서 소속사가 그 둘을 알아내기는 어려워. 사쿠라 선생님에게 말한 이름도 엉터리였고, 팬클럽 회원 명단을 본다고 해도 이름을 알아내기는 힘들 거야. 애초에 그 둘은 딱히 법을 어기지도 않았고."

나는 모호하게 고개를 끄덕였다. 법을 어기지 않았더라도 자택을 알아내서 찾아오고 내 과거를 캐내서 사쿠라 선생님에게까지 접촉한 그 둘의 행동은 정상이라고 볼 수 없다. 하지만 내게는 두 사람을 막을 현실적인 대책이 전혀 없었다.

"우리가 할 수 있는 일은 네가 사는 맨션 주변의 순찰을 강화하는 정도뿐이야."

이곳은 대형 소속사라 민간 경비 회사를 고용하고 있

다. 소속된 연예인이 스토킹을 당하거나 스캔들을 일으키면 경비 회사는 순찰을 강화해서 연예인을 지켜준다.

그렇지만 회사의 보호에도 한계가 있다는 것쯤은 알고 있다.

"나머지는 네가 개인적으로 조심하는 수밖에 없어. 어쨌든 그 둘이 또 맨션에 나타나거나 혹시라도 촬영 현장에 의심되는 사람이 오면 바로 알려줘."

"알겠습니다."

나는 고개를 숙이며 말하고 사무실을 나섰다. 저녁에 있는 뮤직비디오 촬영장은 요코하마다. 지금 택시로 이동해 둬야 한다.

택시 안에서 잠깐 잠을 청하려 했지만, 억누르고 싶은 생각이 이성의 방파제 뚫고 표면으로 솟아올라 도무지 잠들 수 없었다.

신곡 뮤직비디오 촬영에는 전혀 집중하지 못했다.

영상은 다섯 명이 함께 춤을 추고, 요코하마 거리를 관광하는 내용이었다. 나는 편안하게 평소 느낌대로 자연스럽게 연기해 달라는 감독의 말에 오히려 긴장해 버려서 부자연스러운 움직임을 반복했다. 다이가나 다른 멤버들은 눈치채지 못했을 테지만, 어쩌면 지금도 바로 근처에 그 여자애와 남자애가 접근했을지도 모른다는 불안감 때문에 입꼬리가 굳어 버렸다.

겨우 중학생인지 고등학생인지 모를 아이들을 이렇게까지 경계하는 것은 바보 같은 짓이다. 이성적으로 알고는 있지만 나쁜 망상은 멈추지 않았다.

항구가 보이는 언덕 공원을 산책하고, 배를 타고, 베이 브리지를 바라보는 내내 불쾌한 감정이 들끓었다. 생각하고 싶지 않고, 생각해 봤자 소용도 없다. 알고 있지만 사고는 팽창하며 몸집을 키워 내 마음을 침식했다.

자정이 지나서야 겨우 끝난 뮤직비디오 촬영 후, 나는 히로히토의 집을 불쑥 찾아갔다.

"네 팬 중에 그런 스토커 같은 사람은 지금까지 없었잖아. 도대체 뭐 하는 애들일까. 아무리 그래도 너무 갑작스럽지 않아?"

내 말을 들은 히로히토는 순수한 마음으로 걱정해 줬

다. 눈가의 화장은 평소처럼 여자에게 지지 않을 만큼 진했다. 참고로 본인이 직접 한 것이다.

"목적을 모르니까 무서워. 나를 스토킹해서 뭘 어쩌자는 건데? 여자 혼자면 별로 신경이 안 쓰였을 텐데 남자도 있으니까 찜찜하단 말이지."

"조만간 너한테 접촉할 수도 있어. 남자애가 있으면 힘으로…… 그럴 수도 있지."

"농담이라도 그런 말 하지 마."

오싹함을 떨쳐내려는 듯이 강하게 말하자, 히로히토가 작은 목소리로 미안하다고 사과했다.

우리는 평소처럼 편의점에서 술과 안주를 사서 둘이 홀짝홀짝 마시고 있었다. 히로히토의 집에 있는 낮은 탁자는 맥주 캔과 안주로 완전히 어질러져 있었다. 3분의 1만 먹은 과자 봉지 옆에는 둘이 다투듯이 집어 먹은 치즈가 조금 남아 있었다. 뮤직비디오 촬영 중에 먹은 것이라고는 저녁 식사로 나온 도시락이 전부이다 보니 이 시간이 되자 둘 다 배가 고팠다.

"그나저나 걔네는 둘 다 널 좋아하는 걸까."

"당연히 좋아하겠지. 좋아하니까 맨션에 쳐들어오고 내 과거를 캐지 않았을까?"

"글쎄. 나는 그게 전부는 아닐 거 같은데."

"무슨 뜻이야."

히로히토는 평소답지 않게 진지한 얼굴로 나를 바라봤다.

"팬들이 우리에게 품는 감정은 단순히 좋아한다는 말로 정리할 수 없다고 생각하거든. 예를 들어 학교나 집에 기댈 곳이 없어서 유일한 마음의 안식처로서 우리에게 의지하는 팬이 있을 수도 있잖아. 그런 팬들은 우리를 항상 순수하게 좋아할 수만은 없을지도 몰라. 텔레비전 속에서 빛나는 우리와 자신을 비교하면서 부정적인 감정을 품을 수도 있지 않을까."

"그런 사건이 가끔 있긴 하지."

백 나우는 현재까지 그런 적이 없지만, 연예인 중에서도 특히 아이돌은 팬의 질투나 시기 때문에 이상한 사건에 휘말리기도 한다. 나는 그런 사건을 일으키는 녀석들은 애초에 팬이 아니라고 생각하지만, 자기 인생을 완전히 바꿔버릴 짓을 저지를 만큼 그 아이돌에게 마음이 휘둘렸으니 좋든 싫든 최애에게 완전히 빠졌다고 할 수도 있겠다.

"널 스토킹하는 애들도 그런 팬일지도 몰라. 좋아하지만, 오히려 그래서 평범하게 응원하는 것만으로는 만족할 수 없어진 거지. 분명히 현실의 삶에 문제가 있을 거야. 일상이 즐거우면 스토킹 같은 건 안 할 테니까."

"진심으로 민폐야."

투덜거리며 알코올 도수가 7%인 새로운 술로 손을 뻗었다. 나는 술이 센 편이라 어지간해서는 취하지 않는다. 하지만 오늘 같은 날은 잔뜩 알코올을 쏟아 넣어 뇌를 흐물흐물하게 만들어서 자제심을 날려버리고 싶어진다.

"현실에서 도피하려고 나한테 빠지는 건 괜찮지만, 너무 지나친 건 좋지 않잖아. 나나 주변 사람들한테 민폐를 끼치니까 덕질도 정도를 지키면서 해라, 이 말이지. 그리고 현실 도피만 하지 말고 자기 삶을 제대로 살라고."

"맞는 말이야."

"히로히토, 슬슬 정말 배고프다. 늘 먹던 거 만들어 줘."

"오늘은 달걀이랑 파밖에 없는데 괜찮아?"

늘 먹던 것이란 둘이 집에서 술을 마실 때 마무리로 먹는 볶음밥이다. 히로히토는 요리가 특기라 매번 잔멸치나 가다랑어포 등 여러 재료를 넣어 공들인 볶음밥을 만들어 준다.

"괜찮아, 괜찮아. 히로히토는 좋은 신붓감이 되겠다. 요리도 잘하고."

"사윗감이라고 해 줘."

가벼운 농담을 주고받으며 히로히토가 부엌으로 사라졌다. 나는 여전히 술을 홀짝홀짝 식도로 흘려 넣었다. 조금씩 뺨이 화끈거리고 머리 전체가 몽롱해지며 의식이 희미해졌다. 이대로 아무것도 생각하지 않으면 편해질 수 있다.

문득 침대 밑에서 살짝 삐져나온 은색 상자를 발견했다. 쿠키 같은 게 들어 있던 빈 깡통일 것이다. 정사각형에 꽤 크고, 웬만한 것은 다 들어갈 만한 크기였다. 히로히토의 방은 전체적으로 깔끔하다. 파란 커튼, 잘 정돈이 된 컴퓨터 책상, 간소한 구조의 싱글 침대. 무기질적이라고 해도 될 만큼 삭막한 이 방 안에서 유독 커다란 그 상자는 이질적이었다.

안에 들어 있는 것은 야한 잡지일까. 히로히토는 대기실에서도 거의 그런 이야기를 하지 않는다. 다이가나 후지는 어떤 여배우가 끝내준다느니, 아마추어가 역시 최고라느니, 그런 이야기로 신나게 떠들지만, 히로히토는 외모뿐만 아니라 속까지 여자라도 되는 양 딱히 관심이 없어 보였다. 뚜껑을 열고 이런 걸 좋아하냐고 놀리면 저 녀석도 조금은 당황할까.

취해서 절반쯤 자제심이 날아간 머리로 상자에 손을 뻗어 뚜껑을 열려고 했을 때, 히로히토가 볶음밥이 담긴 접시를 들고 다가왔다.

"남의 물건을 마음대로 보려고 하다니 매너가 별로네. 혹시 꽤 취했어? 자, 이거 먹고 집에 가."

그렇게 말하며 상자를 빼앗고는 내 앞에 볶음밥을 내밀었다.

히로히토의 말대로 완전히 취한 나는 볶음밥에 연신 감탄하며 이내 상자의 존재를 잊어버렸다.

제3장

———

살의

———

창밖에서 배구공이 탕, 탕 소리를 내며 손에서 튕겨 위아래로 움직이고, 그때마다 와, 하고 환호성이 터져 나왔다.

그 소리가 갑자기 멀어지고 대신 눈앞의 요후네가 가까워진 느낌이 들었다.

요후네의 앞머리 아래 숨은 눈이 나를 바라보고 있었다. 입술은 웃는 듯한 모양이었다.

지금 들은 말이 잘 이해되지 않았다. 정확히 말하자면 이해했지만, 이해하지 못한 척했다.

"……무슨 뜻이야?"

목소리가 나도 모르게 굳어져 있었다. 요후네가 히죽

히죽 웃으며 말을 이었다.

"말 그대로야. 하나코는 사실 후지카와 이사미의 행복을 바라지 않아. 이사미 혼자 행복해지는 건 용서할 수 없으니까. 행복해진 최애를 혼자서 손가락만 빨며 멀리서 바라보고 있을 바에야 차라리 죽이고 싶다고 생각하잖아. 그건 딱히 나쁜 게 아니야."

요후네는 노래하듯이 계속 말했다. 술술 흘러나오는 말들이 이사미를 향한 내 마음을 갈가리 찢어 놓았다.

"그만큼 이사미를 좋아한다는 뜻이니까 조금도 부끄러워할 필요 없어. 그러니까 네 마음에 솔직해져도 괜찮지 않을까? 원한다면 나는 언제든지 도울게."

"……너, 진짜 최악이다."

말하면서 노려보았다. 시야가 눈물로 뿌옇게 번졌다. 요후네는 내가 울음을 터뜨린 것에 당황했는지 말을 더듬었다.

"사람을 죽인다는 말을 농담으로 하다니, 제정신이야? 너는 사람의 목숨이, 이사미의 목숨이 그렇게 가벼워? 만약 그렇다면 너 좀 이상해. 매일 그런 장난감을 가지고 놀아서 머리의 나사가 풀린 거 아냐?”

이런 말을 하고 싶지 않다고 생각하면서도 입 밖으로 쏟아내고 있었다. 사실 지금 요후네가 꺼낸 말을 시작한 것은 나다. 이사미를 죽이고 싶다고 말한 것은 나였고, 요후네는 거기에 응했을 뿐이니 탓하는 것은 잘못된 일이다. 알고는 있지만 말이 멈추지 않았다.

“진심으로 이사미를 죽이고 싶다니, 내가 그런 생각을 할 리가 없잖아, 이사미를 이렇게나 좋아하는데, 이사미가 이렇게 소중한데! 너는 나랑 같이 있으면서 그런 것도 몰랐어? 이사미에 대한 내 마음이 전해지지 않았던 거야?”

“하나코, 나는.”

“변명 따위 듣기 싫어!”

큰 소리가 나자 바로 옆을 지나가던 같은 반 여자아이들이 뒤돌아봤다. 그런 것은 아무래도 상관없을 만큼 분노가 치솟았다. 나는 요후네에게 말의 탄환을 계속 쏘아 댔다.

“요후네는 위험한 사람이었구나. 이제 확실히 알았어. 나 이제 너랑 말 안 할 거야.”

그 말만 남기고 자리를 떠나자, 요후네는 쫓아오지 않았다. 쫓아와 주기를 기대했다는 사실을 깨닫고 그런 나의 비열함에 눈물이 흘러내렸다. 내가 울면서 교실로 돌아가자, 몇몇이 놀란 얼굴로 이쪽을 보았지만 아무도 말을 걸지 않았다. 자리에 앉아 그대로 쉬는 시간이 지나가기를 기다렸다.

이제 두 번 다시 요후네와 이야기할 일은 없을 것이다. 그렇다 해도 어쩔 수 없다. 요후네와 이야기하면 틀림없이 내 마음은 또 흐트러질 테니까.

조금 전에 내가 한 말은 전부 진심이었다. 나는 이사미를 사랑하고 아낀다. 그 마음을 저런 유도신문 같은 말로 나쁜 쪽으로 몰아가는 요후네가 잔인하게 느껴졌다.

처음 사귄 친구를 잃은 괴로움에 나는 금방 익숙해져 버렸다.

"쓰키미야랑 싸웠어?"

요후네와 학교에서도 방과 후에도 전혀 이야기하지 않는 날이 며칠 계속되었을 때, 사토가 이렇게 물었다. 사토와 같은 그룹의 화려한 아이들이 가까이서 귀 기울이고 있었다.

"요즘 통 같이 있는 걸 못 봐서. 방과 후에도 둘이 같이 집에 안 가는 것 같고. 무슨 일 있었어? 사랑싸움이야?"

요후네와 내가 사귄다고 착각 중인 이 아이에게 나와 요후네의 진짜 관계를 설명하기는 어렵다. 설명한들 사토가 좋은 조언을 해 주리라는 기대도 없다. 그보다 나는 점심시간의 덕질을 방해받아 불쾌했다.

"딱히 아무 일도 없고 사랑싸움도 아니야. 애초에 나랑 쓰키미야는 안 사귀니까."

퉁명스러운 말투로 말하자 사토는 작게 어깨를 으쓱했다.

"그렇구나, 쇼지도 쓰키미야랑 똑같이 말하네."

사토에게는 사귀지도 않는 남녀가 시간을 공유하는 것이 부자연스럽게 느껴지는 모양이다. 귀엽고 예쁜 이 아이는 분명 지금까지 많은 남자 친구를 사귀었을 테니 나 같은 아싸의 고민과 생태를 이해할 수 없을 것이다.

"쇼지가 보기에 쓰키미야는 어때? 별로야? 별로면 그

렇게 친하게 지내지 않을 것 같은데."

그런 말을 들어도 설명할 방법이 없고, 이럴 때 무슨 말을 해야 하는지 알 수가 없어 곤란했다.

요후네는 우리의 대화가 들리는지, 안 들리는지 자기 책상에서 홀로 책을 읽고 있었다. 여전히 사람이 쉽게 다가갈 수 없는 기운이 감돌았다.

지난번에 사토가 말을 걸었을 때는 우리는 그런 사이가 아니라고 단호하게 말해줘서 좋았는데.

요후네는 이제 나 같은 건 아무래도 상관없는 걸까.

"별로야. 나는 정말로 쓰키미야를 그냥 친구라고 생각해."

스스로 그렇게 말하자, 사토는 다시 한번 아쉽다는 듯이 어깨를 으쓱했다.

요후네와 이야기하지 않고부터 나는 이전보다 더욱 이사미에게 몰두했다.

학교에서 돌아와 빨래를 걷고, 욕실 청소를 마친 후에는 저녁 식사 시간까지 덕질에 열중했다. 이사미가 주연인 드라마는 봐도 봐도 질리지 않아서 몇 번을 재생해도 지루하지 않았다. 이사미의 블로그가 갱신되면 구석구석까지 확인하고, 방송에 출연하는 날은 녹화 버튼을 눌러 두고 기다렸다가 본방으로 시청한 후에 다시 녹화한 것을 느긋하게 즐겼다.

얼마 전까지는 이럴 때도 요후네가 곁에 있었다. 요후네도 이사미의 드라마를 보고 이사미의 연기를 칭찬하거나 각본의 완성도에 감탄했다. 요후네가 사라진 지금은 그 따뜻한 기억마저 그림자가 드리웠다.

요후네는 정말로 이사미를 좋아했을까.

요후네의 이사미를 향한 칭찬은 이 표정이 좋다거나 이 대사를 말하는 방식이 좋다는 식으로 대부분 정확했지만, 특별히 새로운 것은 없었다. 그 정도는 이사미를 꼼꼼히 보지 않아도 인터넷 댓글을 보고 비슷한 의견을 말할 수 있다. 애초에 남자가 백 나우 팬이거나 이사미의 팬인 경우는 드물다.

요후네는 이사미를 좋아하지도 않고 관심도 없으면서 나에게 접근하기 위해 이사미를 좋아하는 척을 했던 것은 아닐까.

그런 생각이 떠오르자 오싹했다. 아니, 설마 그럴 리가 없다. 내게는 남자애가 끌릴 만한 매력이 없다. 키는 작고, 가슴은 A컵도 안 되고, 얼굴은 전혀 귀엽지 않은 데에다 인기가 있었던 적은 단 한 번도 없다. 요후네도 연애 대상으로 삼으려면 나보다 더 귀여운 아이를 고를 것이다.

이사미의 SNS를 확인하고 있었는데 어느새 잡념이 방해해서 손가락이 멈춰 버렸다. 한심한 자신을 질책하며 SNS를 다시 확인하기 시작했다. 인터넷 서핑을 하는 시간은 하루 중 가장 보람차다. 누구에게도 방해받지 않고 원하는 만큼 이사미의 세계에 빠질 수 있다.

이사미와 관련된 인터넷 기사를 뒤지다가 불온한 문구를 발견했다.

'후지카와 이사미 VS. 메구로 다이가의 싸움! 인기 아이돌의 불화설'

조회 수가 꽤 높은 기사였다. 심장이 꾹, 하고 불쾌한 소리를 내며 오그라들었다. 나는 심호흡과 함께 천천히 기사를 클릭했다.

그것은 상당히 긴 글이었다.

인기 아이돌 그룹 '백 투 더 나우(이하 '백 나우')'의 센터, 메구로 다이가(25)가 얼굴에 보기 안쓰러운 반창고를 붙인 채 방송국에 들어서는 모습을 주간 정열의 카메라맨이 촬영했다. 취재진의 질문에 대해 방송국 관계자는 며칠 전부터 메구로 씨가 다친 모습으로 출입하고 있다고 증언했다. 소속사의 답변에 따르면 메구로 씨는 일주일 전에 자택 맨션 계단에서 넘어져 얼굴에 멍이 들었다고 했으나 과연 그것이 사실일까. 진실을 파헤치는 우리 앞에 '백 나우'의 팬클럽 회원 한정 대기실 방문 이벤트에 참석했다는 여성이 나타났다. 여성은 본지 기자에게 자신의 눈으로 직접 본 이 사건의 진실을 자세히 이야기해 주었다.

"후지카와 이사미 씨가 메구로 다이가 씨를 때리는 것을 직접 목격하셨나요?"

"네, 눈앞에서요. 마침 뮤직 파라다이스가 끝났을 때니까 시간은 9시 반 정도였을 거예요. 처음으로 대기실 방문 이벤트에 당첨돼서 들떠 있었는데 그런 일이 벌어져서…… 정말 충격이에요.”

“이사미 씨는 왜 다이가 씨를 때렸을까요?”
“아주 사소한 일이에요. 다이가가 이사미와 자신을 두고 팬들이 BL 커플로 망상한다는 이야기를 꺼냈더니 이사미가 화를 냈어요. 왜 그 정도 일로 몇 대씩이나 때렸는지 도저히 이해가 안 돼요. 이사미가 갑자기 무서워졌어요.”

“백 나우 멤버 중에서 누구를 가장 좋아합니까?”
“가장 좋아하는 건 다이가지만, 이사미도 좋아해요. 하지만 이번 일 이후로 이사미를 좋아하는 마음이 작아졌어요. 이사미는 열심히 아이돌 활동을 하는 노력파라는 점이 호감이었는데, 같은 멤버에게 손찌검하는 난폭한 사람이라는 것을 알게 되었으니까요.”

"그렇다면 이제 후지카와 이사미 씨를 더는 응원하지 않을 생각인가요?"

"어려운 질문이네요. 이사미의 행동은 용서할 수 없지만, 그렇게 할 수밖에 없는 이유가 있었겠죠. 하지만 어떤 이유든 폭력은 절대로 긍정할 수 없어요. 그래서 앞으로 이사미는 응원하지 않을지도 몰라요."

기사를 끝까지 읽은 나는 참지 못하고 컴퓨터를 내버려둔 채 자리에서 일어났다. 의자 다리와 테이블 다리가 부딪히며 쿵 하고 거친 소리가 났다.

목이 유난히 말랐다. 부엌으로 가서 수돗물을 잔에 담아 단숨에 들이켰다. 그런데도 여전히 목이 따끔거릴 정도로 말랐다. 시계를 보니 아직 6시 반을 조금 넘긴 시간이었다.

틀림없이 대부분의 백 나우 팬들이 저 기사를 보았을 테고, 이사미가 다이가를 때렸다는 사실은 순식간에 퍼져나갈 것이다. 이 사건에 대한 대중의 반응이 어떨지도 대충 짐작이 갔다. 다이가의 팬은 이사미의 팬보다 수가 많고 과격하다. 자신의 최애를 다치게 한 인간을 용서할 리가 없다.

이사미를 만나고 싶어졌다. 저런 기사가 나왔으니 이사미는 분명 고독한 상황일 것이다. 연예인이라는 이유로 반박할 기회도 주어지지 않은 채 조용히 폭풍이 멎기를 기다려야 한다니 너무 불쌍하다. 지금 이사미 곁에 있어 줄 수 있다면. 이사미를 격려해 줄 수 있다면.

다시 한번 시계를 확인했다. 오늘 아빠는 늦는다고 했고 엄마는 유럽에 출장 중이다. 잠시 망설였다가 내가 가진 대부분의 옷에 맞춰서 들고 다니는 숄더 백에 지갑과 스마트폰을 넣고 집을 나섰다. 낮에 내리던 비는 그쳤지만, 6월 밤의 습하고 더운 공기가 반소매 티셔츠 아래로 드러난 팔에 감겨들었다.

발은 자연스럽게 이사미의 집으로 향하고 있었다. 그후, 몇 번이나 요후네에게 가고 싶다고 말했지만, 매번 제지 당했던 장소다.

"눈이 마주쳤잖아. 몇 번이나 반복해서 가는 건 안 돼. 그쪽에 우리의 존재가 알려져서 좋을 일은 하나도 없으니까."

요후네는 평소답지 않게 강한 어조로 말했다. 하지만 이제 요후네는 나와는 관계없는 사람이 되어 버렸다.

맨션 입구에 도착했을 때는 저녁 9시를 조금 넘긴 시간이었다. 요후네에게 이사미의 방 번호를 물어보지 않은 것을 후회했다. 여기까지 와 버린 만큼 만나지 못한다는 사실에 대한 실망감도 컸다.

맨션 주민들이 웃고 떠들며 곁을 지나쳤다. 나는 저번에 이사미를 기다렸던 입구 구석 근처로 향했다.

시선 끝에 덥수룩한 긴 앞머리가 보였다.

"요후네."

이름을 부르자 요후네가 입가를 웃는 것과 비슷한 모양으로 일그러뜨렸다.

쓰키미야 요후네

나를 바라보는 하나코의 표정이 굳어 있었다. 입술을
일자로 굳게 다물고 노려보는 듯한 박력 있는 눈빛으로
나를 쏘아봤다.

무언가 말을 해야 한다고 생각했지만, 어떤 말을 하든
나에 대한 경계심만 커질 것 같아서 아무 말도 할 수 없
었다. 보아하니 하나코는 나와 화해할 생각 따위는 없는
듯했다.

"나를 만나려고 여기에 왔어?"

하나코 쪽에서 먼저 입을 열었다. 여기서 거짓말을 하
는 것은 현명하지 않다고 생각했다.

"응. 너라면 언젠가 또 여기에 오지 않을까 해서."

“혹시 어제도 기다렸어?”

“어제도 기다렸어. 그 전날도.”

“너도 참 한가하구나.”

차가운 말투에 만났다는 사실만으로 들떠 있던 마음이 가라앉았다. 하나코가 내게서 시선을 돌렸다.

“지난번에는 미안했어.”

내 사과가 하나코에게 전해졌는지는 알 수 없었다. 근처에서 맨션 주민인 듯한 젊은이들이 낄낄대며 웃고 있었다.

“내가 심한 말을 했어. 네가 화낸 건 당연한 일이고, 이건 전부 내 잘못이야. 두 번 다시 이상한 생각은 안 한다고 약속할게.”

하나코의 싸늘한 표정은 꼼짝도 하지 않았고, 나는 그 모습에 절망하며 계속 말을 이었다.

“나, 너랑 얘기하고 싶어. 예전처럼 이사미에 대해 같이 신나게 얘기하고 싶어. 더 많이 이사미에 대해서 조사해 보자.”

“너는.”

하나코가 드디어 나와 시선을 맞췄다. 하지만 그 얼굴에는 아무런 감정이 없었다.

"너는 진짜로 이사미를 좋아해? 혹시 나한테 접근하려고 이사미를 좋아하는 척했던 게 아니고?"

모든 것을 간파당했다는 생각에 목 위가 열을 띠기 시작했다. 그런 내 변화를 제대로 눈치챈 하나코는 내가 뭔가 말을 꺼내기 전부터 전부를 꿰뚫어 본 듯한 표정을 지었다.

"미안, 이사미는 너랑 가까워지기 위한 핑계였어. 나는 줄곧 널 동경했거든. 그러니 약속할게. 다시는 울리지 않겠다고."

"내 어디가 좋아?"

밀어내는 듯한 말투였다. 하나코는 답을 기다리지 않고 계속 말을 이어갔다.

"나는 키도 작고, 몸매도 별로고, 얼굴도 귀엽지 않잖아."

"이사미를 바라보는 네 얼굴은 무척 귀여워."

귀엽다는 말이 마음을 사로잡았는지 하나코가 은은하

게 뺨을 붉혔다.

"정말이야. 하나코는 귀여워."

"……뭐야 그게."

내 인생의 첫 고백은 스스로 생각해도 슬퍼질 정도로 엉망진창이었다. 진심으로 한 말인데도 마치 억지로 시킨 말을 하는 모양새가 되어버렸다.

"우리 집, 또 올래?"

"지금?"

"지금."

하나코는 마침내 모든 것을 용서한 표정으로 나를 바라봤다.

"또 총 쏘면서 놀 거야?"

"총 쏘는 거 별로야?"

"싫지는 않아. 하지만 동물들이 불쌍해. 너는 총을 쏘는 데 특별한 이유가 있어?"

순수한 물음에 진지하게 대답하려고 했다. 얼버무리는 것은 하나코에게 실례다.

"그냥 그러는 동안은 속이 후련해. 내가 자유로울 수

있는 건 총을 쏠 때뿐이거든."

"그, 렇구나."

하나코는 엷게 웃었다. 후지카와 이사미에게 보내는 것과는 다른, 억지로 지어낸 듯한 미소였다.

본채 쪽이 고요한 것을 확인하며 하나코를 별채 안으로 들였다.

방석을 내밀자, 하나코는 컴퓨터 앞에 그것을 놓고 얌전히 앉았다.

아까 그 고백 후에 집까지 와 줬으니 나도 모르게 무언가를 기대하게 되지만, 하나코의 표정에서는 전혀 달콤한 분위기가 느껴지지 않았다.

"뭐 좀 먹을래? 배고프지."

"먹을 게 있어?"

"컵라면이랑 파스타랑 소스가 있어. 미트 소스여도 괜찮으면 바로 만들 수 있어."

"그럼 미트 소스 파스타를 먹을래."

냄비에 2인분의 면과 소금을 넣고 보글보글 끓였다.

미트 소스 팩은 깊은 사발에 뜨거운 물을 담아 데웠다. 무럭무럭 냄비에서 김이 올랐고, 나는 더위를 참으며 젓가락으로 면을 휘저었다. 등 뒤로 하나코의 시선이 느껴졌다.

두 명 몫의 접시에 면을 담고 미트 소스를 얹었다. 포크와 함께 앞에 내려놓자, 하나코는 포크에 아주 조금 면을 말아 입에 넣었다.

"맛있어."

"그냥 인스턴트인데."

"네가 요리하는 게 너무 의외라 지금은 뭐든지 맛있게 느껴지는 걸지도 몰라."

"인스턴트 파스타랑 컵라면을 요리라고 해도 되나."

별것 아닌 대화를 나누는 동안 파스타는 우리 배 속으로 사라졌다. 두 개의 접시를 테이블 위에 나란히 둔 우리 사이에는 침묵이 감돌았다.

하나코는 내 고백을 어떻게 받아들였을까. 왜 오늘 우리 집에 왔을까.

묻고 싶은 것은 너무나 많았지만 도무지 입이 떨어지

지 않았다.

"있잖아, 하나코."

"응?"

옆에서 하나코가 나른한 목소리로 대답했다.

"안아 봐도 돼?"

몇 초간의 침묵 후 하나코는 말없이 고개를 끄덕였다.

끌어안은 하나코의 몸은 가녀렸다. 이렇게 작은 몸속에 후지카와 이사미를 향한 사랑이 가득 차 있다고 생각하니 신기한 느낌이 들었다. 팔은 근육 따위는 전혀 없다고 착각할 만큼 부드러웠고, 머리카락에 얼굴을 파묻으니 달콤한 샴푸 향기가 났다. 수많은 꽃과 꿀을 함께 졸인 듯한 향기였다. 처음 겪는 일일 텐데도 하나코는 꼼짝하지 않았다.

"요후네는 여자랑 사귀어 본 적 있어?"

품 안의 하나코가 말했다. 여전히 나른한 말투였다.

"없어. 아니, 여자를 좋아하게 된 건 네가 처음이야."

그렇게 말하고 하나코의 턱을 들어 나를 보게 했다. 하나코의 입술에 내 입술을 가까이 가져다 댔다. 불길할 정도로 심장이 고요했다.

하나코가 내 어깨를 꾹 밀어냈다. 둘 사이의 거리가 멀어지고 하나코가 재빨리 뒤로 물러났다.

"하나코?"

전등도 켜지 않은 어두운 방이라 하나코의 표정은 잘 보이지 않았다. 뒤늦게 목소리가 들렸다.

"미안. 역시 안 되겠어."

나를 거부하는 말이었으나 신기하게도 아프지는 않았다. 처음부터 받아들여지기를 기대하지 않았기 때문이다. 하나코는 계속 말했다.

"이런 건 이사미가 아니면 안 돼."

이번에야말로 가슴 한가운데를 도려내는 듯한 느낌이었다.

지금, 이 순간에도 하나코 마음 속에는 후지카와 이사미가 있다.

"그래."

건조한 말이 입에서 튀어나왔다. 하나코의 울 것 같은 목소리가 들렸다.

"미안해. 정말 미안해."

"알았어. 괜찮으니까 사과하지 마."

나는 도대체 두 달 동안 무엇을 한 것일까.

후지카와 이사미를 알게 되고, 그를 통해 하나코에게 가까워졌다고 생각했다. 하지만 실제로는 후지카와 이사미라는 울타리가 하나코의 마음을 뒤덮고 있었다. 그것은 아무리 하나코를 사랑하는 나라도 쉽게 뛰어넘을 수 없었다.

그가 존재하는 한 나는 하나코의 마음속에 들어갈 수 없다.

하나코가 떠난 내 방은 오늘따라 유난히 넓고 고요했다. 특별히 할 일을 찾지 못해 컴퓨터를 켰다. 브라우저 검색창에 후지카와 이사미라고 입력했다.

하나코가 날 받아들이려면 그를 없애는 수밖에 없다. 이사미가 사라지면 하나코는 혼자가 된다. 그 틈을 파고들어야 한다.

인터넷 뉴스에서는 후지카와 이사미의 메구로 다이가

폭행 사건을 크게 다루고 있었다. 수많은 인터넷 뉴스 중에서 가장 조회 수가 많은 기사를 클릭하고 댓글 창을 읽었다.

대중적으로는 다이가 팬이 훨씬 많기에 댓글 대부분은 다이가 팬이 이사미를 규탄하는 내용이었다.

'전부터 이사미는 성격 나쁠 것 같다고 생각했는데 진짜였네.'

'얼굴은 연예인의 생명이잖아. 맞은 다이가가 불쌍해. 후지카와 이사미 절대 용서 못 해.'

'이렇게 일이 커졌으면 후지카와 이사미는 기자회견을 열어야 하지 않나? 팬들에게 설명도 없냐.'

화면을 내리면서 입술이 비뚤어지는 것을 참을 수 없었다. 이거다. 여기에 편승하면 후지카와 이사미를 없앨 수 있다. 그것도 연예계에서 자취를 '없앨 수 있다'는 추상적인 의미가 아니라, 이 세상에서 존재 자체를 말소한다는 의미로 '없앨 수 있다'.

멋있지도 않고, 키도 크지 않고, 매력 따위 전혀 없는 단순한 총기 마니아가 하나코를 손에 넣으려면, 하나코가 좋아하는 것을 지워버려야 한다.

나는, 나의 사랑을 이루기 위해 좋아하는 사람이 좋아하는 사람을 죽이기로 했다.

후지카와 이사미

주연 여배우와의 딱히 중요하지도 않은 한 장면이었다. 가짜 술을 마시며 친구 이상 연인 미만인 두 사람이 대화를 나눈다. 길지도 않은 간단한 대사 몇 마디를 주고받는 장면일 뿐인데도 나는 세 번이나 연달아 NG를 내고 말았다.

"아니야! 아니라고! 몇 번을 말해야 알아들어!"

분노가 정점에 달한 감독이 금방이라도 주먹을 휘두를 기세로 나를 향해 고함을 질렀다. 주연 여배우는 한심해하는 기색을 숨기지 않고 차가운 표정으로 나를 바라봤다. 바로 곁에서 지켜보던 구시카와는 머리를 감싸 쥐었다. 한심하기 짝이 없는 나 때문에 현장의 분위기는 금방이라도 폭발할 듯이 팽팽했다.

"넌 무슨 인형이야? 내 드라마가 우스워?"

"죄송합니다."

"사과할 거면 제대로 연기해. 5분 줄 테니까 다시 대본이나 제대로 보고 와!"

감독은 그렇게 내뱉고는 담배를 피우러 가 버렸다. 나는 시킨 대로 대본을 훑었지만, 전혀 머릿속에 들어오지 않았다. 글자가 찢어진 것처럼 흩어져 보였다.

이렇게까지 집중이 안 되는 이유는 다이가를 때린 일이 세상에 알려져 인터넷에서 온갖 욕을 먹고 있기 때문이었다.

무의식적으로 내 이름을 검색해서 봤던 말들이 뭘 하고 있어도 머릿속을 스쳐 지나갔다. 이사미, 최악이야. 실망했어. 폭력이라니 최악이네. 이제 뭘 해도 이런 말들을 이길 수 없다는 생각이 들었다. 그렇게 띄워 주다가 한순간에 손바닥 뒤집듯이 태도를 바꾼다. 이래서 손님은 믿을 수가 없다.

"힘든 건 알아."

내 앞에 캔 커피를 내려놓으며 구시카와가 말했다. 나는 캔을 따서 끔찍하게 달콤한 액체를 목구멍으로 흘려넣었다. 지금은 커피의 단맛마저 거슬렸다.

"지금은 이 드라마를 제대로 촬영하는 것만 생각하자. 눈앞의 일들을 하나하나 해내다 보면 안 좋은 평판도 뒤집힐 거야."

"네."

나는 영혼 없는 대답을 하고 바로 근처에서 스마트폰을 만지작거리는 주연 여배우를 힐끗 봤다.

NG를 연발하는 뻣뻣한 인형 같은 배우를 무시하는 그 옆모습이 어딘가 미호와 비슷했다. 이런 상황에서도 그런 여자를 떠올리고 있는 나 자신이 한심하게 느껴졌다.

3년 전부터 계속 부르던 남성 에스테틱 숍에 처음으로 지명 요금 3천 엔을 냈다. 42도의 온수로 샤워를 마치고 드라이어로 머리를 말렸다. 세면대 거울에는 연예인이라고는 믿기 힘들 만큼 지친 남자의 얼굴이 비쳤다.

"지명해 주셔서 감사합니다."

미호는 사무적인 감사 인사를 하고 담담하게 자기 일을 했다.

"오늘은 꽤 기분이 안 좋아 보이시네요."

다리를 주무르며 미호가 말했다. 인터넷 뉴스에서 그렇게 떠들어 대고 있으니 모를 리 없을 텐데. 일부러 모르는 척하는 말투가 괜히 신경을 거슬렀다.

"당연히 기분이 안 좋지. 이러고 있는 지금도 인터넷에서는 온갖 욕을 먹고 있으니까."

"진짜로 때렸어요?"

나를 탓하지 않고 그저 사실을 확인하려는 듯한 담백한 말투였다.

"진짜로 때렸어. 다이가가 너무 열받게 해서 결국 폭발해 버렸거든."

"사과는 했나요."

"사과할 리가 없잖아. 별로 잘못했다고 생각도 안 하고. 맞을 짓을 한 그 자식 잘못이지."

그 이후로 다섯 명이 함께하는 일이 있어도 다이가는 나를 아예 무시했다. 금요일에 다섯 명이 모여 진행한 라이브 스트리밍에서도 한 시간 내내 어색한 공기가 감돌았다. 그 사이에도 댓글 창은 난장판이었다. 원래는 팬들만 보던 방송이었으나 내 폭행 사건이 인터넷 뉴스에 실린 뒤로는 자신과 상관없는 사람을 괴롭히며 즐거워하는 악질적인 인간들이 늘었다.

"뭐야, 미호도 다이가 편을 드는 거야?"

"그런 건 아니지만, 어떤 이유든 폭력은 용납될 수 없다고 생각해요."

난처한 목소리로 미호가 말했다. 다리를 주무르는 힘이 조금 약해졌다.

"다이가 씨랑 이사미 씨 사이에 무슨 일이 있었는지 모르는 제가 훈계할 처지는 아니죠. 그래도 폭력이 정당화되면 말이 존재하는 의미가 없잖아요. 유치원생이 아니라 어른이라면 대화로 해결해야 하지 않을까요."

"내가 유치원생 수준이라는 거야?"

나도 모르게 굳은 목소리가 튀어나왔다. 뒤를 돌아보니 미호의 눈동자가 흔들리고 있었다.

"아니, 저는 그런 뜻이 아니라."

"그런 뜻이잖아!"

벌떡 몸을 일으켜 미호의 양어깨를 붙잡고 침대 위로 밀어 눕혔다. 공포로 일그러진 미호의 뺨을 주먹으로 내리쳤다. 미호가 윽, 소리를 내며 뺨을 부여잡았다. 머릿속이 끓어오르고 폭력의 흥분에 하반신이 근질거렸다. 이번에는 배에도 주먹을 내리꽂았다. 미호는 몸을 웅크리며 고통에 얼굴을 찌푸렸다.

"아파? 그만할까? 그러면 사과해! 잘못한 건 너니까."

"죄송……."

고통과 공포로 떨리는 목소리. 그런 미호를 눈앞에 두고 지금껏 느껴본 적 없는 흥분에 취했다. 약한 존재를 괴롭히는 것은 무척이나 기분이 좋았다.

"죄송, 해요……."

"목소리가 작잖아!"

다시 배에 주먹을 내리꽂자, 미호가 신음을 토하며 울먹였다. 봐주지 않았다. 가늘고 연약한 미호를 괴롭히는 것은 정말로 즐거웠다. 이런 일로 기쁨을 느끼는 나는 절대로 좋은 사람이 아닐 것이다.

"죄송해요. 용서해 주세요."

콧물까지 흘리며 울면서 용서를 비는 모습을 보자, 마치 내가 거대한 힘을 손에 넣은 듯한 기분이 들었다. 좋은 생각이 떠올라 마사지 오일이 묻지 않게 베개를 감싼 수건을 걷어냈다. 나는 길쭉하게 접은 수건으로 미호의 양손을 등 뒤에 묶었다.

"버둥대지 마. 버둥대면 더 험한 짓을 할 거니까."

미호의 몸이 떨리고 있었다. 아무리 건방진 말을 해 봤자 결국은 무력한 젊은 여자일 뿐이다. 잘나가는 연예인인 나와는 애초에 격이 다르다.

미호의 팬티를 벗기고 네 발로 엎드리게 한 뒤 전혀 젖지 않은 그곳에 단번에 내 것을 삽입했다. 미호가 고통에 비명을 질렀다.

"아파! 그만해!"

"떠들지 마! 또 맞고 싶어?"

아예 젖지 않으면 넣는 쪽도 아프다. 그래도 흥분이 더 컸다. 약한 존재를 제압하고 억지로 정복한다. 어쩌면 나는 그런 섹스를 좋아하는 인간인지도 모른다. 역시 난 최악이다.

고통에 신음하는 미호의 안을 헤집는 내 아랫배에서는 마그마가 끓어올랐다. 넣었다 빼고, 넣었다 빼고, 넣었다 빼고. 같은 동작을 반복하는 사이, 흥분의 열기에 머리와 몸의 중심이 흐려졌다.

"제발, 제발 밖에……."

그런 미호의 호소를 무시하고 안에 쏟아냈다. 내 인생에서 가장 기분 좋은 사정이었다. 뇌가 녹아 흘러나온 듯한 기분이 들었다. 내 것을 빼내자, 미호는 축 늘어진 채 쓰러졌다. 나를 바라보는 눈빛에는 경멸이 가득했다.

약한 존재에게 허락된 저항은 그런 눈빛을 보내는 것뿐이다.

"내일 산부인과에 가서 사후 피임약을 받아. 그만큼 돈은 더 줄 테니까."

"됐어요."

단호한 목소리였다. 나는 미호를 그 자리에 남겨 두고 샤워를 하러 욕실로 향했다.

미호를 돌려보낸 뒤 스마트폰으로 시간을 확인하니 아직 밤 열한 시가 되기 전이었다.

잠들기에는 너무 일렀다. 히로히토에게 라인으로 지금 가도 되냐는 메시지를 보내자 곧바로 읽음 표시가 떴다. 괜찮다는 메시지 뒤에 여고생이 쓸 법한 귀여운 토끼 이모티콘이 따라왔다.

5분 만에 준비를 끝내고 택시를 탔다. 가는 길에 편의점에 들러 술과 안주도 샀다.

"한밤중에 갑자기 찾아오다니 꼭 내 여자 친구 같네."

웃는 얼굴로 날 맞이한 히로히토는 다짜고짜 그런 취향 나쁜 농담을 던졌다. 딱, 하고 이마에 딱밤을 때렸다. 아야, 하고 히로히토가 이마를 짚었다.

"적어도 남자 친구라고 해."

"그럼 다시 말할게. 이사미는 꼭 내 남자 친구 같네."

"네가 여자였으면 좋았을 텐데."

히로히토가 눈을 크게 떴다.

사실 그런 일은 있을 수 없다. 만약 히로히토가 여자고 우리가 연인 사이였다면 지금처럼 편안한 관계가 되지 못했을 것이다. 남자와 남자이기 때문에 이렇게 미지근한 물에 몸을 담근 듯한 느슨하고 뜨뜻한 관계를 맺을 수 있다. 연인으로서 서로에 대한 구속과 간섭을 허락하면 관계의 전제부터 달라지는 셈이다.

"농담이야, 농담. 뭘 그렇게 놀라."

그렇게 말하며 나는 곧바로 좌식 의자에 앉아 발포주가 든 캔을 땄다. 히로히토도 옆에 앉아 똑같이 캔을 땄다. 김이 빠지는 기분 좋은 소리가 났다.

"도대체 연애가 왜 좋은지 모르겠어. 여자는 귀찮은 생물 랭킹 1위잖아. 일일이 비위를 맞추고, 밀당하고. 그렇게 자질구레하게 굴어 가면서 섹스하고 싶나? 섹스도 마찬가지야. 여자는 누워 있기만 하면 되지만, 남자는 그런 여자를 기쁘게 해 주려고 처음부터 끝까지 신경을 써야 하잖아. 그런 일에 열중하는 세상 사람들의 심리를 도저히 이해할 수가 없어."

"뭐, 서로 좋아하는 사람끼리는 신경 쓴다는 생각도 안 할 걸."

히로히토가 마치 남의 일이라는 듯한 말투로 말했다.

이어지고 헤어지는 세상의 연인들을 멀찍이서 바라보는 사람의 시선으로 건네는 말 같았다.

"정말로 서로 좋아하면 신경을 쓰는 게 아니라 배려가 되겠지. 그게 자연스러우니까 연인 관계가 이어지는 걸 테고. 연인들을 그런 상태를 편안하다고 느끼는 게 아닐까."

"너 설마 아직 동정은 아니지?"

"응?"

히로히토가 또다시 눈을 크게 떴다. 정곡을 찔린 듯한 반응은 아니었지만, 완전히 빗나간 것도 아닌 듯한 표정이었다.

"왜 그렇게 생각해."

"그냥. 직감이야."

"이래 봬도 남들만큼 경험은 있어."

"자세히 말해 봐."

히로히토는 잠깐 곤란한 듯 미간을 좁혔지만, 조금씩 술을 마시며 과거의 기억을 더듬듯이 이야기를 꺼냈다.

"고2 때, 같은 반 애랑 사귄 적이 있어. 그쪽이 먼저 고백했고 내가 그걸 받아들이면서 사귀게 됐는데, 그때는 이미 백 나우 활동을 시작한 뒤였거든. 아이돌이니까 평범한 고등학생처럼 데이트는 못 하고 늘 그 애 방에서 만났어. DVD로 영화를 보고 게임도 하고.”

“그러면 그때가 첫 경험이야?”

“뭐, 그렇지.”

“왠지 거짓말 같은데.”

“거짓말 아니야.”

히로히토는 약간의 불쾌함이 묻어나는 말투로 말하고 자리에서 일어섰다.

“안주 더 가져올게. 캐슈너트만으로는 부족하잖아. 냉장고에 먹을 만한 게 있으니까 간단히 만들면 돼.”

히로히토가 방에서 나가고 발소리가 부엌 쪽으로 사라졌다. 곧 부엌에서 채소를 써는 소리가 들려오기 시작했다.

고2 때 사귀었다는 그 여자 친구는 정말 존재했을까. 히로히토가 들려준 이야기는 마치 책에서 읽은 것처럼 얄팍하고 아무런 맛도, 아무런 냄새도 없었다. 설령 그런 상대가 실제로 있었다고 해도 히로히토가 정말로 그 아이를 좋아했는지 의심스럽다. 고백을 받아들였다고 했으니 그 아이는 진심이었을지 몰라도, 히로히토는 그다지 좋아하지 않았을 수도 있다.

역시 히로히토는 아직 동정일까.

술에 취한 머리로 그런 생각을 하고 있는데, 오늘도 침대 아래에서 삐져나온 빈 쿠키 깡통 같은 상자가 눈에 띄었다. 전에도 봤던 이 상자는 내가 우연히 그때 알아챘을 뿐이지 사실은 훨씬 전부터 이 방에 있었을지도 모른다. 상자를 열어 보려다가 들켰을 때, 히로히토는 웃는 얼굴이었지만 어딘가 굳어 있었다.

틀림없이 이 안에는 절대로 밖으로 드러나서는 안 될 히로히토의 비밀이 들어 있다.

꺼림칙한 마음이 들었지만, 어느새 손을 뻗고 있었다.

뚜껑은 너무도 쉽게 열렸다. 따로 자물쇠조차 걸어두지 않은 지극히 평범한 빈 쿠키 깡통이었다.

형광등 빛에 그대로 노출된 안을 보는 순간, 심장이 쿵, 하고 크게 요동쳤다. 이어서 쿵, 쿵 하고 가슴을 뚫고 나올 듯한 불길한 박동이 계속됐다.

뭐야, 이건.

그 안에 들어 있는 것은 소녀들의 사진이었다. 그것도 유치원생 정도의 아이부터 초등학교 3, 4학년쯤 되는 사춘기 이전의 아주 어린 여자아이들 사진이었다. 분수에서 노느라 상반신이 드러난 사진, 낮은 각도에서 찍힌 속옷이 훤히 보이는 사진 등 아슬아슬한 것들도 섞여 있었다. 꽤 오래돼 보이는 사진들도 있었고, 그 수는 백 장이 훌쩍 넘었다.

더 끔찍한 것은 대부분이 전문가가 찍은 사진이 아니라는 사실을 한눈에 알 수 있었다는 점이었다. 사진을 잘 모르는 나도 알아볼 수 있을 만큼 아마추어가 찍은 티가 역력한 구도와 초점의 흔들림. 상상하고 싶지 않지만, 백 장이 훌쩍 넘는 이 사진들은 설마 히로히토가 직접 찍은 것일까.

"결국 봐 버렸구나."

자조 섞인 목소리가 들려서 깜짝 놀라 뒤를 돌아봤다. 가다랑어포와 잘게 썬 김이 올라간 양배추샐러드를 한 손에 든 히로히토가 서 있었다.

"네 생각이 맞아."

"……그게 뭔데."

"그 사진들, 전부 내가 찍었어."

슬프게 웃는 히로히토의 얼굴이 가운데부터 쩍, 쩍 갈라지는 것만 같았다.

제4장

죄인

쇼지 하나코

7월이 되자마자 자리가 바뀌었다.

시험을 앞둔 데다가 곧 여름 방학이 시작되는 이 시기에 왜 굳이 자리를 바꾸는지 의문이었지만, 자리 바꾸기는 고등학생이 되어도 가슴이 설레는 이벤트인 모양이었다. 반 아이들 대부분은 즐거운 표정으로 새 자리로 이동하고 있었다. 내 새 자리는 복도에서 두 번째 줄, 앞에서 세 번째였다. 요후네는 창가 쪽 자리라 제법 멀어졌다.

요후네와는 그날 이후로 줄곧 말을 섞지 않았지만, 매일 학교에서 마주치다 보니 존재를 말끔히 잊을 수는 없었다. 자리가 멀어졌다는 사실 하나만으로도 마음에 작은 회색 얼룩이 번진 듯한 기분이 들었다.

"잘 부탁해."

내 옆자리는 사토였다. 반의 중심이 될 만큼 밝은 성격인데다 음침한 내게도 환하게 말을 걸어 주는 상냥한 사토. 우리 반은 자리 순서대로 나눈 조별로 하루씩 번갈아 방과 후 청소 당번을 맡기 때문에, 사토와 같은 조가 되는 것은 반가운 일이었다.

그러나 예상과 달리 사토는 청소를 성실히 하지 않았다. 청소하는 내내 스마트폰만 만지작거리더니 결국 전화까지 걸었다. 선생님이 없는 틈을 타서 주변에 다 들릴 만큼 큰 소리로 통화를 하고 있었다.

"그러니까 놀이공원은 항상 사람 많아서 아무것도 못 타니까 싫다고. 게다가 전에 갔잖아! 어? 수영장? 변태. 수영복 입은 걸 보고 싶어서 그러는 거지?"

대화 내용을 들어보니 남자 친구와 어디로 놀러 갈지 상의하는 모양이었다. 그런 전화는 나중에 하고 청소를 하라고 말하고 싶었지만, 내게는 그런 말을 꺼낼 용기가 없었다.

대걸레를 움직이며 분홍빛으로 물든 사토의 옆얼굴을

봤다. 남자 친구라는 존재는 그저 같은 시간을 공유하는 것만으로도 여자아이를 저렇게 만들어 버리는 것일까.

또다시 요후네가 떠올랐다. 이런 일이 생기기 전까지 나 역시 요후네와 꽤 많은 시간을 함께 보냈다. 이사미의 맨션에 함께 갔던 일, 이사미가 자란 시설에 갔던 일. 방과 후에도 거의 매일 둘이 같이 집에 돌아갔다.

하지만 나는 요후네와 키스할 수 없었다. 그때, 도중까지는 이대로 몸을 맡겨 버려도 괜찮지 않을까 생각했다. 어차피 이사미와 키스할 수 있는 날은 평생 오지 않을 테니 나를 좋아해 주는 요후네에게 입술을 줘도 괜찮지 않을까 하고.

그런데도 그때, 내 안에 있는 나이면서 내가 아닌 다른 무언가가 NO라고 말했다. 그게 대체 무엇이었는지 아직도 알 수 없지만, 그 강렬한 NO 신호를 무시할 수 없었다. 마치 끓는 물에 닿은 손을 거두어들이는 것과 같은 반사적인 반응이었다.

전화를 끝낸 사토와 멍하니 그쪽을 보고 있던 내 눈이 마주쳤다. 그러자 사토는 금세 눈썹을 축 늘어트리며 사과했다.

"미안해. 청소 중에 전화해서."

"아니야, 괜찮아."

"정말 미안해."

사토는 허둥지둥 다시 청소를 시작했다. 나는 사람에게 말을 거는 것이 서툴지만, 정신을 차려 보니 그 뒷모습을 향해 말을 건네고 있었다.

"저기, 사토. 남자 친구라는 거, 그렇게 좋아?"

사토는 놀란 얼굴로 나를 돌아봤다. 그러다 이내 밝은 표정을 지었다.

"당연히 좋지! 나를 정말 좋아해 주는 사람이랑 같이 있는 건 최고니까. 예를 들면 영화를 볼 때는 말도 안 하고 그냥 옆에 앉아 있기만 하잖아. 그래도 혼자 보는 거랑은 전혀 달라. 말을 안 해도 같은 시간을 함께 보내는 것만으로 행복하거든."

"그렇구나."

들떠서 이야기하는 사토의 눈동자 안에 하트 모양이 보일 것만 같았다.

내 경우에 대입하면 분명히 요후네와 함께 보낸 시간은 행복했다. 이사미에 대해 함께 이야기하는 시간은 더할 나위 없이 좋았다. 하지만 그것은 내가 가장 좋아하는 이사미에 대한 마음을 나눌 수 있는 동지가 있다는 사실에 대한 기쁨이었을 뿐, 요후네를 좋아하기 때문에 느끼는 행복은 아니었다. 예를 들어 그 상대가 사토였어도 나는 똑같이 행복했을 것이다.

키스를 거부한 것은 내가 요후네를 단순한 친구로 생각한다는 증거다.

"아직 쓰키미야랑 화해 안 했어?"

사토가 떠보듯이 물었다. 또 그 이야기인가 싶어서 짜증이 났다.

"화해할 것도 없어. 애초에 사귀는 사이가 아니니까."

"아, 그렇구나."

남의 일임에도 아쉬워하는 듯한 목소리가 돌아왔다.

"기왕 고등학생이 된 김에 쇼지도 얼른 남자 친구를 만들어. 연예인도 멋있어서 좋긴 하지만, 역시 현실의 남자랑 하는 연애가 청춘의 즐거움이라고 생각하거든."

사토의 무심한 말이 마음을 찔렀다.

내게는 이사미도 같은 지구상에 존재하는 엄연한 현실의 남자인데.

닿을 수 없는 존재를 진심으로 사랑하는 것은 쓸데없는 일일까.

나와 가까운 남자아이를 한 번도 좋아해 본 적이 없는 나는 결함 있는 인간일까.

내가 구제 불능의 못난 인간이라는 말을 들은 것 같아서 가슴이 아팠다.

정작 그런 말을 한 사토는 내가 이런 생각을 하는지 전혀 모른 채 묵묵히 대걸레를 움직이고 있었다.

집으로 돌아가는 길에 이사미의 블로그가 업데이트되어 있었다. 전철에 몸을 맡긴 채 설레는 마음으로 새 글을 눌렀다. 제목은 '즐거운 촬영 현장'이었다.

'오늘은 무척 호평을 받고 시청률도 급상승 중인 〈세상에서 가장 가슴 아픈 사랑을 했다〉 촬영이 있었습니다!

드라마를 본 멤버들한테 결말이 어떻게 되냐는 질문

을 자주 받는데 사실 저도 마지막 전개를 몰라요……. 아이와 미즈키가 맺어질지 두근거리는 마음으로 끝까지 봐주세요!

주연인 고토 유카 씨가 간식으로 쿠키를 가져다주셨어요! 출연진과 스태프들을 위해 손수 만드셨다고 합니다.

쿠키도 엄청 맛있었어요. 이렇게 세심하게 배려할 줄 아는 여성은 참 멋지죠.

장래에는 이런 분과 결혼하고 싶다는 생각이 들었습니다ㅎㅎ.'

글 아래에는 고토 유카와 둘이 함께 찍은 사진이 있었다. 이사미는 평소와 같은 미소를 짓고 있었지만, 어딘가 기운이 없어 보였다. 불과 삼십 분 전에 올라온 글인데도 이미 댓글이 달려 있었다. 대부분이 게시글과는 전혀 상관없는 내용이라는 사실에 놀랐다.

'블로그로 이미지 세탁인가요. 그런다고 이제 와서 세상이 속아 줄 것 같진 않네요. 빨리 다이가 폭행 사건의 진상에 대한 기자회견을 여세요.'

'같이 찍힌 고토 유카가 불쌍해. 웃는 얼굴도 어딘가

굳어 있잖아. 폭력남이랑 같이 일하고 사진도 찍어야 하
면 당연히 싫겠지.'

'얼마 전까진 팬이었는데 이제 완전히 응원할 마음이
사라졌어요. 이렇게까지 일이 커졌는데도 끝까지 모른
척하는 태도라니. 인간적으로 별로네요.'

더는 보고 싶지 않아서 스마트폰을 가방 안에 넣어 버
렸다. 스마트폰을 보지 않으니 전철 안에서 할 일이 없
었다. 어쩔 수 없이 창밖으로 시선을 돌려도 아직 장마가
끝나지 않은 탓에 짜증 나는 비에 감싸인 회색빛 세상만
보였다.

사람을 때리는 것은 잘못된 일이다. 그렇다고 해서 이
렇게까지 태도를 바꾸고 차갑게 구는 것은 조금 아니라
는 생각이 들었다. 이사미를 비난하는 사람들은 이사미
에게 실망했거나 다이가 군을 좋아해서 그러는 것일 테
지만, 나처럼 지금도 이사미를 좋아하는 사람의 마음을
조금은 생각해 주길 바랐다. 그런 글들만 계속 인터넷에
올라오면 이사미를 좋아하는 내가 마치 나쁜 짓이라도
하는 것처럼 느껴지기 때문이다.

물론 기자회견을 열어 달라는 의견이나 진실을 알고 싶다는 의견에는 나도 동의한다. 이사미의 입으로 직접 다이가를 때린 진짜 이유를 듣고 싶었다. 이해할 수 있는 이유라면 동정할 권리도 있으니까. 그런데 이사미는 왜 계속 침묵할까. 이렇게까지 인터넷에서 욕을 먹는 상황이 아무렇지도 않을 리가 없을 텐데. 왜 솔직하게 이런 사정이 있었다고 대중에게 제대로 설명하지 않는 것일까.

제발 이사미를 그냥 좋아하게 해 줘.

집에 도착하자 목이 바싹 말라 있었다. 부엌에서 보리차를 우리고 거실 소파에 앉아 컵을 기울였다. 별생각 없이 텔레비전을 켜고 채널을 이리저리 돌리다 보니 화면 오른쪽 끝에 '백 투 더 나우 후지카와 이사미의 여성 폭행 의혹, 피해자 긴급 기자회견'이라는 자막이 눈에 들어왔다. 심장이 움츠러들고 숨이 멎었다.

텔레비전 화면에는 선글라스와 마스크로 얼굴을 가린 여성이 보였다. 얼굴 윤곽과 눈썹, 코만 보였지만 미인이라는 사실을 한눈에 알 수 있었다.

"7월 3일 밤, 후지카와 이사미 씨의 자택에서 폭행을 당한 뒤 강제로 성관계를 강요당했습니다."

여성이 맑은 소프라노 음성으로 말했다. 카메라 플래시가 연달아 번쩍였다.

"제가 일하는 남성 에스테틱 숍은 마사지 서비스를 제공하는 업소입니다. 성행위는 엄격히 금지되어 있습니다. 하지만 후지카와 이사미 씨는 마사지 도중에 저를 때리고 수건으로 제 양손을 묶은 채 강제로 성행위를 했습니다. 또 맞을지도 모른다는 생각에 너무 두려워서 시키는 대로 할 수밖에 없었습니다."

담담한 말투로 자신에게 벌어진 끔찍한 일을 말하는 여자. 그 목소리는 조금도 흔들리지 않았다.

"도저히 용서할 수 없어서 곧바로 가게에 알렸습니다. 하지만 가게에서는 출입을 금지하겠다는 말만 반복하며 아무런 조치도 취하지 않았습니다. 후지카와 이사미 씨를 고소하겠다고 하자 매우 반대하며, 오히려 고소하면 해고하겠다는 말까지 들었습니다. 저는 그런 비인간적인 대응에 굴복하지 않을 것입니다."

찰칵찰칵, 카메라가 발하는 섬광이 여자를 향해 쏟아졌다. 왜곡된 호기심의 소나기 속에서도 그녀는 위축되지 않고 꼿꼿이 허리를 폈다.

"저는 규슈의 시골에서 자랐습니다. 고등학교를 졸업한 뒤 도쿄에서 연기를 배우고 싶다고 했을 때 부모님은 반대했습니다. 하지만 반대를 무릅쓰고 도쿄에 와서 연기 학원에 다니고 모델 일을 병행하면서 생활비를 벌기 위해 남성 에스테틱 숍에서 일했습니다. 이번 일로 3년 만에 부모님께 전화를 드렸습니다. 자초지종을 말씀드리자, 부모님은 후지카와 이사미 씨를 고소하는 데에 찬성해 주셨습니다."

카메라 플래시는 멈출 줄 몰랐다. 이 순간, 그녀의 얼굴은 전국에 노출되고 그녀의 말은 전부 전해지고 있었다. 그 무게에 짓눌리지 않는 의연한 목소리에 의식이 사로잡혔다.

"저는 후지카와 이사미 씨를 절대로 용서하지 않을 겁니다. 제게 그런 공포와 굴욕을 안긴 남자를 용서할 수 없습니다. 제가 이번에 겪은 일은 빙산의 일각일 겁니다.

울분을 삼키며 침묵할 수밖에 없었던 다른 여성들을 위해서라도 저는 끝까지 싸울 생각입니다."

할 말이 모두 끝났는지 질문 시간이 시작됐다. 분명 보리차를 마셨는데도 목 안쪽이 따끔따끔 타들어 가듯이 뜨거워서 나는 텔레비전 화면에서 눈을 떼지 못했다.

"남성 에스테틱 숍에서 일했다고 말씀하셨습니다만, 그런 직장은 이번 일과 같은 위험이 따를 수도 있다고 생각합니다. 어느 정도 그러한 위험을 감수하고 하는 일이라고 볼 수도 있는데, 그 점에 대해서는 어떻게 생각하십니까?"

여자는 목소리 톤을 바꾸지 않고 대답했다.

"확실히 남성 에스테틱 숍은 그런 업소입니다. 성행위가 엄격히 금지되어 있다고는 해도 이번과 같은 일이 벌어질 위험성을 항상 염두에 두고 일해야 하고, 스스로 지킬 방법도 필요하다고 생각합니다. 하지만 이런 곳에서 일한다는 이유만으로 원하지 않는 일을 당해도 어쩔 수 없다고 말하는 것은 옳지 않습니다. 가게의 규칙을 어긴 쪽은 후지카와 이사미 씨이며 그 죄에 맞는 처벌을 받아야 마땅하다고 생각합니다."

다음 질문을 한 사람은 여성 기자였다.

"연예 활동을 하고 계신다고 들었습니다. 이번 기자회견으로 인해 신원이 특정될 가능성이 큽니다. 앞으로의 활동에 큰 지장이 생길 수도 있을 텐데 그 점에 대해서는 어떻게 생각하시나요?"

나도 모르게 손에 든 컵을 꽉 움켜쥐고 있었다. 여자는 여전히 담담하게 대답했다.

"그 점은 각오하고 있습니다. 선글라스와 마스크를 써도 제 정체는 십중팔구 밝혀질 겁니다. 그래도 이렇게 기자회견을 열어 제 목소리로 진실을 전함으로써 제 진심을 세상에 전할 수 있다고 생각했습니다. 저는 후지카와 이사미를 절대로 용서하지 않을 겁니다. 제 꿈을 포기해도 좋으니 그 사람이 반드시 속죄하길 바랍니다."

여기까지 듣고 텔레비전 전원을 껐다. 한동안 아무것도 할 수 없었다. 텔레비전 소리가 사라지자, 혼자 있는 집 안은 지나치게 조용했다. 거실 시계의 똑딱이는 초침 소리가 유난히 크게 들렸다. 창밖에서는 빗소리가 들렸다. 그저 소리에 몸을 맡기는 것 말고는 아무것도 할 수 없었다. 넋을 놓는다는 것이 이런 느낌일까. 온몸에서 힘이 빠져나가 마치 내 몸이 더 이상 내 것이 아닌 것처럼 축 늘어졌다.

얼마나 그러고 있었을까. 겨우 정신이 돌아오기 시작해 스마트폰을 향해 손을 뻗었다. 인터넷 뉴스에는 벌써 조금 전의 기자회견 소식이 올라왔고 댓글 창은 완전히 난장판이었다.

'후지카와 이사미는 이제 끝났구나.'

'이번엔 진짜 끝이지. 멤버 폭행은 그냥 싸움으로 넘어갈 수 있지만, 여자 상대로 일방적인 폭행은 이미지가 너무 안 좋아.'

'후지카와 이사미 나락 알림.'

'저 여자 진짜 짜증 나. 상대가 연예인이니까 돈을 뜯어내려고 고소하는 거잖아. 그런 위험을 감수하고 하는 일이니까 그 정도는 각오해야지.'

'저 여자 신상 털었다. 고마쓰가와 미호, 나이는 스물네 살. 독자 모델로 활동하나 보네. 꽤 예쁨.'

'여자 쪽 욕하는 애들은 대체 뭐냐? 업소에서 일하는 여자는 뭘 당해도 입 다물라는 소리야? 가게 규칙에 어긋나는 짓을 강요했으면 당연히 고소해야지. 게다가 때리기까지 했는데.'

'미호가 귀여우니까 난 애를 응원할래. 후지카와 이사미, 용서 못 해.'

'지금 하는 드라마는 어떻게 되려나. 방영 중단인가? 창고행? 뭐, 재미없는 드라마였으니까 상관없지만.'

피해자인 고마쓰가와 미호를 비난하는 댓글도 있었지만, 대부분은 이사미를 비난하는 댓글이었다. 불과 조금 전까지만 해도 이런 말을 볼 때마다 조용한 분노에 사로잡혔을 텐데. 이사미를 욕하는 사람들을 용서할 수 없다고 생각했을 것이다. 하지만 이상하게도 지금은 그런 감정이 조금도 솟아나지 않았다.

그 대신 전혀 다른 생각이 목구멍 안에서 치밀어 올랐다.

이사미, 최악이야.

여자를 힘으로 제압해서 때리고 억지로 그런 짓을 하

는 사람은 최악이다. 짐승이나 다름없는 끔찍한 짓이다. 그건 그냥 강간범일 뿐이다.

이사미의 이미지는 사무라이였다. 동양풍 꽃미남이라고 불리며, 춤도 노래도 누구보다 성실하게 해내는 남자아이. 나는 그런 후지카와 이사미의 모습을 줄곧 믿었다. 내가 좋아하는 사람은 얼굴뿐만 아니라 성격까지 훌륭한 누구보다 멋진 남자라고 말이다.

그게 전부 가짜였다는 것인가. 비열한 강간범이라는 본성을 숨기기 위해 동양풍 꽃미남이라는 가면을 썼을 뿐인가.

이사미 같은 건 그냥 죽어 버려.

그렇게 생각한 순간, 나는 달리고 있었다. 스마트폰과 지갑만 챙긴 채 집을 뛰쳐나와 우산도 쓰지 않고 비를 맞으며 역으로 향했다. 빗줄기는 꽤 거세서 스쳐 가는 사람들은 흠뻑 젖은 채 미친 듯이 달리는 나를 수상한 눈초리로 봤지만, 그런 것은 아무래도 상관이 없었다.

도착한 전철에 올라탄 나는 요후네의 집에서 가장 가까운 역으로 향했다. 덜컹덜컹, 전철이 움직이기 시작했다. 차창에는 비친 여자아이는 비에 흠뻑 젖은 채 무서운 얼굴을 하고 있었다.

이제부터 내가 요후네에게 부탁하려는 일은 정말로 최악이다.

이사미를 죽이고 싶지만, 내 손은 더럽히기 싫어서 요후네에게 죄를 뒤집어씌우다니. 요후네가 내게 품은 마음을 이용하는 가장 비겁한 행동이다.

그걸 알지만 뱃속에서 부글부글 끓어오르는 이 분노를 가라앉히는 방법은 이사미가 죽음으로 사죄하는 것뿐이었다.

나는 이사미에게 줄곧 속았으니까.

아름답지 않은 이사미 따위 필요 없어.

죽어 버려.

쓰키미야 요후네

고마쓰가와 미호라는 여자가 기자회견을 연 탓에 인터넷 게시판은 완전히 축제 분위기였다.

미호는 여성 잡지에서 독자 모델로 활동하기도 했고, 남성 잡지에서 수영복 화보를 공개하기도 했다. 그 이미지들이 잇따라 올라오며 무료한 시간을 죽이던 은둔형 백수들을 들끓게 했다.

'이렇게 귀여운 애한테 그런 잔혹한 짓을 하다니! 후지카와 이사미, 용서 못 해.'

'후지카와 이사미는 자기가 잘생겼으니까 뭐든 용서받을 수 있다고 생각하는 거겠지. 뭐, 그렇게 대단한 면상도 아니지만.'

‘후지카와 이사미가 훈남 카테고리에 들어가는 게 이해 안 됨. 말끔한 얼굴이라고? 그냥 평범한 얼굴이잖아.’

‘후지카와 이사미가 별거 아니라고 하는 놈들 얼굴 한 번 보고 싶네ㅋㅋ.’

‘주제에서 탈선하지 마라.’

‘이 스레드는 미호를 위해 단결하는 동지들의 의지를 확인하기 위한 곳이다.’

‘미호를 지원하는 크라우드 펀딩 열림.’

‘진짜? 나도 돕고 싶은데.’

‘소송 비용 같은 거 모으려고 만들었대.’

‘나 일단 지원하고 오겠음.’

‘후지카와 이사미의 중형 판결을 요구하는 서명 사이트 발견!’

얄팍한 정의감을 칼처럼 휘두르며 안전한 곳에서 돌이나 던지는 것이 취미인 무리도 한데 모이면 엄청난 힘을 발휘한다. 크라우드 펀딩도, 서명 사이트도 직접 들어가 보니 분위기가 상당히 뜨거웠다. 마스크와 선글라스를 쓰고 있기는 해도 성폭력 피해자가 얼굴을 드러내고 공중파에서 기자회견을 여는 일은 드물다. 그 영향 때문인지 일본 전역이 이 사건에 주목하고 있었다.

문득 노트북에서 시선을 뗐다. 반쯤 열린 커튼 너머로 잿빛 하늘이 보였다. 세찬 빗줄기가 창틀을 타닥타닥 두드렸다. 그 소리가 어쩐지 총에서 탄환이 발사되는 소리와 조금 닮았다고 생각했다.

지금쯤 하나코도 이런 사이트들을 보고 있을까.

후지카와 이사미가 사고를 친 것은 내게는 반가운 일이었다. 하나코가 후지카와 이사미에게 환멸을 느끼고 진짜 살의를 품게 될 기회니까. 스마트폰을 확인했다. 아직 라인 메시지는 오지 않았지만, 하나코는 머지않아 내게 연락할 것이다. 하나코에게 나 말고는 친구가 없다는 점도 이 상황에서는 오히려 도움이 됐다.

똑똑, 하고 문을 두드리는 소리가 들렸다. 미스미나 어머니라고 생각해서 무시하고 있었는데 다시 똑똑 소리가 들렸다. 저녁을 먹기에는 아직 이른 시간이다. 설마 하는 생각으로 나는 현관을 향해 달렸다.

문을 열자, 옷을 입고 샤워를 한 듯한 하나코가 서 있었다.

“무슨 일이야?”

나도 모르게 부드러운 목소리가 흘러나왔다. 이렇게 빨리 하나코가 찾아올 줄은 생각도 못 했다.

“죽여줘.”

하나코가 핏발 선 눈에 눈물을 가득 담고 말했다.

“이사미를 죽여줘.”

내 몸이 젖는 것도 아랑곳하지 않고 간절히 매달리는 하나코를 꽉 끌어안았다. 하나코는 비 오는 날 길에서 주워 온 강아지처럼 품 안에서 가늘게 떨면서도 얌전히 내게 몸을 맡겼다.

“뭐든지 할게.”

절박한 목소리에서 이 아이가 정말로 후지카와 이사미를 좋아했다는 사실을 깨달은 나는 가슴이 아렸다. 진심으로 죽이고 싶다는 살의는 진심으로 좋아했다는 증거다.

“일단 안으로 들어가자.”

나는 부드럽게 말하며 문을 닫았다.

온몸이 젖은 하나코에게 수건을 건네고 내 옷으로 갈아입혔다.

나는 체구가 작은 편이라 티셔츠와 반바지는 하나코 몸에 제법 잘 맞았다. 젖은 교복은 옷걸이에 걸어 에어컨 바람으로 말렸다. 비에 젖어 추운지 떨고 있는 하나코에게 인스턴트커피를 타서 건넸다.

"좀 진정됐어?"

커피를 한 모금 마신 하나코에게 묻자, 고개를 귀엽게 끄덕였다.

"깜짝 놀랐어. 연락도 없이 갑자기 와서."

"요후네, 뉴스 안 봤어?"

"보긴 봤지."

그 뒤로 대화가 이어지지 않았다. 어색함을 달래듯 커피를 마시는 내 팔뚝을 하나코가 꽉 쥐었다. 손바닥의 열기가 그대로 전해졌다.

"나, 이사미를 용서할 수 없어."

목소리가 떨렸다. 궁지에 몰린 사람 같은 그 목소리가 내 가슴을 조였다. 이런 말을 꺼낼 만큼 후지카와 이사미는 하나코의 마음을 사로잡았다. 내가 끼어들 틈 따위는 없을 만큼.

"그런 끔찍한 짓을 하는 사람은 절대 용서 못 해."

하나코가 울었다. 오른손 검지로 조심스럽게 눈물을 닦아 줬다. 하나코는 나를 밀어내지 않았다.

"그러니까 죽여 줘. 나, 뭐든지 할게."

하나코는 전심전력을 다해 사랑했던 사람에게 배신당했다고 느꼈을 것이다. 동양풍 꽃미남이라는 별명으로 불리며 가면을 쓰고 있던 남자의 정체가 비열한 강간범이었으니 말이다. 속았다, 용서할 수 없다, 죽여 버릴 거야. 그런 마음이 들어도 전혀 이상하지 않다.

나는 하나코가 이런 정신 상태가 되기를 기대했다. 이때 생기는 틈을 파고들 생각이었다.

모든 것이 생각대로 흘러갔지만 조금도 기쁘지 않았다. 가슴에 커다란 구멍이 뻥 뚫려 그 사이로 겨울바람이 휑하니 스며드는 것만 같았다.

"정말로 뭐든지 할 수 있어?"

비겁한 말이라는 생각이 들었다. 내가 이제부터 하려

는 짓은 후지카와 이사미의 비열한 행위와 본질적으로 다르지 않다.

"내가 할 수 있는 일이라면 뭐든지 할게. 도저히 이사미를 용서할 수가 없어."

"그러면 네 첫 경험을 나에게 줘."

하나코의 눈이 아주 잠깐 크게 뜨였다가 이내 원래대로 돌아왔다. 나를 바라보는 눈빛에서 경멸은 느껴지지 않았다. 대신 체념의 빛이 스쳤다.

남자는 다 이런가. 그렇게 말하는 듯한 표정이었다.

"뭐든지 한다며? 섹스 정도면 엄청나게 쉽지 않아?"

"좋아."

내던지듯 한 말투였다.

"이제 이사미에게 주고 싶은 생각도 없으니까."

가느다란 몸을 끌어안고 키스했다. 지난번과 달리 하나코는 저항하지 않았다. 놀라울 만큼 부드러운 감촉에 이성을 잃었다. 입술을 벌리고 입안을 헤집자, 커피 맛이 났다. 쓴맛일 텐데도 이상하게 달게 느껴졌다.

입술을 떼자, 하나코는 인형 같은 눈으로 나를 바라보

고 있었다. 영혼이 반쯤 빠져나간 듯했다. 다시금 깨달았다. 이 아이는 조금도 나를 좋아하지 않는다. 이건 악마와의 거래다.

"안쪽에 이불이 있어."

이불 위로 자리를 옮겨 하나코의 옷을 벗겼다. 정확히 말하면 내 옷이지만. 하얀 브래지어에 싸인 가슴은 크지는 않았지만 손에 쥐면 마시멜로처럼 부드러워서 조금 감동했다. 그 끝에 입을 대자, 둘만 있는 좁은 별채 안에 내 혀가 내는 소리가 작게 울려 퍼졌다. 문득 얼굴을 들어 하나코의 얼굴을 확인하니 역시나 영혼이 빠져나간 듯한 인형 같은 표정이었다.

그만두면 될 텐데도, 포기하면 될 텐데도 오기가 그것을 허락하지 않았다. 아무 말도 하지 않고 신음조차 내지 않던 하나코는 삽입하자마자 윽, 하고 비명을 질렀다. 상당히 아픈지 얼굴이 일그러졌다.

"괜찮아? 힘들면 그만할게."

"멈추지 마."

하나코가 두 손으로 내 팔을 꽉 붙잡고 말했다. 엄청난 힘이었다.

"멈추지 마."

다시 말하는 하나코의 뺨을 타고 눈물이 흘렀다.

아프지 않게 하려고 천천히 움직였다. 끝난 뒤, 휴지로 뒤처리를 하는 내 뒤에서 하나코는 재빠르게 옷을 입었다.

"교복은 다 말랐어?"

"덜 말랐는데 아까보단 나아. 입을 수는 있어."

"그렇구나."

두 사람 사이에 감도는 것은 첫 경험을 끝낸 뒤의 달콤함이 아니라 어색함에 가까운 공기였다. 하나코는 내게 몸을 내어준 대신 무언가를 완전히 도려내 버린 듯했다.

"이런 거였구나."

"뭐가?"

"내가 지켜온 게 이렇게 시시한 거였구나. 자존심을 세울 만한 것도 아니었어."

"……미안."

"왜 사과해?"

"그냥."

창밖에서는 여전히 빗소리가 들렸다. 아까보다 더 세차게 내리는 것 같았다. 우산도 없이 이대로 돌려보낼 수는 없었다.

"본채에서 우산 가져올게."

옷을 다 입고 그렇게 말하며 일어서자, 하나코가 내 팔을 붙잡았다.

"원하는 대로 했으니까, 약속은 지킬 거지?"

하나코가 나를 책망하는 듯한 눈으로 바라봤다. 심장을 꿰뚫는 듯한 시선이었다. 지금까지 한 번도 본 적 없는 얼굴이었다.

"나는 후지카와 이사미랑은 달라. 약속은 확실히 지킬게."

"정말?"

"못 믿겠어?"

잠시 침묵이 흐른 뒤 하나코가 말했다.

"좋아, 믿을게. 너는 이사미랑 다르니까."

본채에서 가져온 미스미의 우산을 들고 하나코가 돌

아간 뒤 나는 컴퓨터 앞에 놓인 좌식 의자에 등을 기대고 비스듬히 천장을 올려다봤다. 왠지 모르게 몹시 지쳤다. 처음으로 섹스를 경험했기 때문일까, 아니면 살인을 떠맡은 압박감 때문일까. 좋아하는 아이가 첫 경험을 대가로 내어놓은 부탁이라고는 해도 사람을 죽이는 일은 처음이다. 동물이라면 지금까지 수도 없이 경험했지만. 게다가 이번에는 실패가 허락되지 않는다.

제대로 계획을 세워야 했다.

가장 간단한 방법은 칼이지만, 역시 익숙한 총으로 죽이고 싶었다.

실탄이 나가도록 개조해둔 데저트 이글을 사용하는 데 있어 가장 큰 문제는 탄환을 구하기가 어렵다는 점이다. 하지만 다크 웹에서 탄두와 탄피, 뇌관은 이미 구해졌다.

남은 것은 화약이다. 바로 구할 수 없다면 만드는 수밖에 없다. 우선 인터넷에서 탄약 제작 방법을 찾아보기로 했다. 상당히 위험한 약품 이름이 나오고 준비해야 할 도구도 많았다. 과연 제대로 해낼 수 있을까.

아니, 해내야 한다. 반드시 성공시켜야 한다. 하나코를 위해, 그리고 그녀를 손에 넣기 위해.

프린터 전원을 켜고 작업에 착수했다.

후지카와 이사미

"중학교 1학년 때, 내가 평범하지 않다는 걸 알았어."

히로히토는 옅은 웃음을 지으며 말을 꺼냈다.

"중학생이 되고 주변 친구들이 성에 관심이 생기기 시작했어. 다들 몰래 야한 잡지를 읽고 이런 게 좋다느니 저런 게 좋다느니 이야기했지. 하지만 내가 흥분을 느낀 대상은 동네 공원에서 놀고 있는 아이들이었어. 조금이라도 어른에 가까워지면 안 되고, 초등학교 4학년쯤까지의 아직 가슴이 부풀지 않은 여자아이들이 취향이었어. 안고 싶다, 키스하고 싶다, 몸에 닿고 싶다. 몇 번이고 그런 망상을 했어."

이런 말을 하는 히로히토는 정말 내가 알고 있던 히로

히토가 맞는 걸까. 악몽을 꾸고 있다고 생각하려 해도 그 목소리는 또렷하게 귓가로 파고들었다.

"언제부턴가 공원에 있는 여자애들을 몰래 찍는 게 취미가 됐어. 내가 변태처럼 보이지 않아서 그런지 의외로 수상하게 여기지 않더라고. 카메라를 들고 있으면 가슴이 두근거리고 누구에게도 들키면 안 되는 사냥을 하는 기분이라 정말로 흥분됐어."

"너, 병원에 가 봐."

내뱉은 목소리가 떨리고 있었다. 히로히토는 표정을 바꾸지 않았다.

"도촬은 엄연한 범죄고 너는 명백한 로리콘(아동성애자를 의미하는 로리타 콤플렉스의 일본식 줄임말-옮긴이 주)이야. 정신과에서 치료받아."

"로리콘이 아니라 정확히는 페도필리아라고 해. 이런 취향을 가진 사람을."

"뭔지는 모르겠지만, 어쨌든 치료부터 받아."

"치료가 된다고 생각해? 나는 병에 걸린 게 아니야."

히로히토는 슬픈 표정으로 자조했다. 그 얼굴을 똑바

로 볼 수가 없어서 무심코 시선을 피했다.

"이것도 꽤 괴로워. 나는 평생 성적으로 충족될 수가 없어. 충족되는 순간 범죄자가 되니까. 죽을 때까지 계속 참고 살아야 한다니."

"그러니까 병원에 가라고 했잖아."

"병원에 가도 안 낫는다니까."

"그러면 어쩔 건데."

잠시 침묵이 흘렀다. 히로히토가 새하얀 손으로 사진 한 장을 집어 들고 공중에 던졌다. 사진은 색종이처럼 흩날리며 카펫 위에 내려앉았다.

"이제 끝내고 싶어."

"뭘 끝내고 싶다는 거야."

"이 인생을."

그러고는 관자놀이에 총을 쏘는 흉내를 냈다.

"어차피 나는 이사미나 다이가의 인기 덕분에 백 나우에 붙어 있는 거나 마찬가지라 만약 백 나우가 해체하면 인기 꼴등인 나는 연예계에 발붙일 데가 없어. 그 전에 세상에서 사라져도 곤란한 사람은 없을 거야."

“헛소리하지 마.”

“진지하게 고민 중이야.”

갑자기 히로히토의 목소리가 진지해졌다. 문득 히로히토는 줄곧 내가 자신의 비정상적인 성적 취향을 알아차려 주길 바랐을지도 모른다는 생각이 들었다. 틀림없이 그 쿠키 깡통도 더 제대로 된 곳에 숨길 수 있었다.

“지쳤어. 욕망을 억누르는 것도, 평범한 사람인 척하는 것도.”

히로히토가 머리를 헝클어트렸다. 금방이라도 울 것처럼 목소리가 떨렸다.

“부탁이야, 이사미. 나를 죽여 줘.”

도저히 농담하지 말라고 받아칠 수 없을 만큼 진심에서 우러나온 말이었다.

“나, 정말 괴로워. 더는 살고 싶지 않아.”

“……히로히토.”

“이사미의 손에 죽는다면 웃으면서 갈 수 있어.”

히로히토의 두 손이 내 팔뚝을 꽉 움켜쥐었다. 여자처럼 가느다란 손에 남자다운 힘이 실려 있었다.

"부탁이야, 이사미."

애원하는 히로히토에게 아무 말도 할 수 없는 내가
해 줄 수 있는 일은 조용히 그 등을 쓰다듬어 주는 것뿐
이었다.

칼을 치켜든 내 앞에서 히로히토가 두 팔을 벌렸다.

온화한 미소를 띤 그 얼굴은 자신의 목숨이 지금 여기
서 끝난다는 사실을 받아들이고 있는 것처럼 보였다.

가슴에 칼을 찔러넣었다.

서걱, 하고 칼날이 들어갔다. 놀라울 정도로 부드러운
감촉이었다.

쏟아진 선혈이 내 얼굴과 옷에 튀었다. 새빨간 장미꽃
잎 같은 피가 사방으로 흩어졌다.

히로히토는 웃는 얼굴로 아무 말도 하지 않았고, 그 눈
빛은 점점 멀어졌다. 그 얼굴은 여전히 평온했다.

"히로히토."

이름을 불러 보지만 히로히토는 대답이 없다. 끌어안고 흔들어도 반응이 없다. 나는 몇 번이고 히로히토의 이름을 불렀다. 하지만 히로히토는 끝내 답하지 않았다.

"히로히토."

내 목소리가 또렷하게 귓가에 들렸다. 그 순간, 늘 보던 익숙한 천장이 눈에 들어왔다.

또 이 꿈이다.

땀에 흠뻑 젖은 채로 눈을 떴다. 잠옷 대신 입고 있던 티셔츠가 피부에 달라붙어 불쾌했다.

그날 이후로 몇 번이나 같은 꿈을 꾸고 있다. 지난번에는 목을 졸랐고, 그전에는 총을 쐈으며, 그보다 전에는 빌딩 옥상에서 밀어 떨어뜨렸다. 히로히토의 진심 어린 바람이 무의식 속에 들러붙어 버렸다.

말도 안 된다. 죽일 수 있을 리가 없다.

아무리 본인이 원해도 촉탁살인은 범죄다. 범죄에 손을

대는 것은 앞으로의 인생을 자기 손으로 끝내는 짓이다.

그러면 도대체 어떻게 해야 그 녀석을 고통에서 구할 수 있을까.

일단 씻고 싶었다. 거실 시계가 오후 3시를 가리켰다. 어제 심야 촬영 후, 집에 돌아와 잠에 든 것이 새벽 무렵이었다. 오늘도 밤부터 촬영이 잡혀 있다. 욕실로 향하려는 순간, 스마트폰이 울렸다. 화면에는 '구시카와'라는 글자가 보였다.

"여보세요."

"텔레비전! 지금 당장 텔레비전 켜."

구시카와가 인사도 없이 다급하게 말했다. 심상치 않은 기운이 느껴졌다. 불길한 예감이 오소소 등골을 타고 올라왔다.

"왜요?"

"일단 텔레비전부터 켜! 5번 채널!"

오른손에 스마트폰을 쥐고 왼손으로 리모컨을 조작했다. 채널을 5번으로 맞추자, 선글라스에 마스크를 쓴 어디서 본 듯한 여자의 얼굴이 화면에 비쳤다. 얼굴 대부분을 가렸지만 낯익은 얼굴이었다.

"제가 일하는 남성 에스테틱 숍은 마사지 서비스를 제공하는 업소입니다. 성행위는 엄격히 금지되어 있습니다. 하지만 후지카와 이사미 씨는 마사지 도중에 저를 때리고 수건으로 제 양손을 묶은 채 강제로 성행위를 했습니다. 또 맞을지도 모른다는 생각에 너무 두려워서 시키는 대로 할 수밖에 없었습니다."

그것은 틀림없이 미호였다. 쿵쿵, 소리를 내며 심장이 날뛰기 시작했다. 이건 현실인가. 아직도 악몽 속에 있는 건 아닐까.

"도저히 용서할 수 없어서 곧바로 가게에 알렸습니다. 하지만 가게에서는 출입을 금지하겠다는 말만 반복하며 아무런 조치도 취하지 않았습니다. 후지카와 이사미 씨를 고소하겠다고 하자 매우 반대하며, 오히려 고소하면 해고하겠다는 말까지 들었습니다. 저는 그런 비인간적인 대응에 굴복하지 않을 것입니다."

어지러워서 쓰러질 것 같았다. 설마 내가 저지른 일의 대가를 이런 식으로 치르게 될 줄은 몰랐다. 전파를 타고 구시카와의 목소리가 들렸다.

"여보세요. 이사미, 듣고 있어?"

"네."

구시카와가 작게 한숨을 쉬었다.

"앞으로의 일을 논의해야 하니까 지금 사무실로 올 수 있어? 촬영은 저녁 8시부터니까 아직 시간은 있잖아."

"알겠습니다. 가겠습니다."

최소한의 짐만 챙겨서 집을 뛰쳐나와 택시를 잡아탔다. 창밖 풍경이 휙휙 뒤로 흘러갔다. 스마트폰을 만지작거리며 괜히 내 이름을 검색하고 말았다.

나를 깎아내리는 말들이 인터넷에 넘쳤다.

최악. 쓰레기. 악마.

그런 말들을 볼 때마다 철저히 두들겨 맞는 기분이 들었다.

미호는 이미 신분이 특정된 상태였다. 고마쓰가와 미호, 인기 독자 모델. 가게에서 점장이 예명 붙여줬다더니 본명이잖아.

다이가의 폭행 사건은 모른 척 넘어갔지만, 이번 일은

그럴 수 없다. 상대는 법적으로 고소할 생각이다. 이쪽도 변호사를 선임해야 한다. 어떻게든 합의로 마무리한다고 한들 미호를 물러나게 하려면 도대체 얼마를 줘야 하는 걸까.

그리고 설령 합의가 성립된다 해도 이미지 하락은 피할 수 없다. 아니, 인터넷을 보면 알 수 있다. 이미 내 이미지는 바닥이었다.

사무실에는 다이가가 와 있었다. 다섯 명 중에서 가장 바쁜 녀석이니 회의 때문에 나왔다가 호출됐을 것이다.

"너 이 자식! 대체 무슨 짓을 저지른 거야!"

다이가가 내 멱살을 움켜쥐었다. 이상하게도 화가 나지 않아서 그대로 있었다. 다이가는 분노로 눈에 핏발을 세우며 고함을 쳤다.

"너 때문에 백 나우가 엉망진창이 됐잖아! 때리고 싶으면 나만 때리라고!"

"다이가, 진정해."

구시카와가 달래자, 다이가는 움켜쥔 내 티셔츠를 놓았다.

"정말 죄송합니다."

몸을 반으로 접듯이 숙여 사과했다. 그러자 구시카와가 딱딱한 목소리로 말했다.

"됐으니까 앞으로의 일을 생각하자."

냉정하게 말하는 구시카와의 태도는 이미 나를 완전히 포기한 듯했다. 문제아를 바로잡다가 지쳐서 두 손을 든 느낌이었다.

"상대는 변호사를 선임할 테니 우리 쪽도 변호사를 선임해야 해. 이건 사무실에서 처리할 거야."

"죄송합니다. 맡기겠습니다."

"합의하는 방향으로 진행할 생각인데 괜찮겠어?"

"네."

구시카와가 고개를 끄덕였다. 다이가는 계속 나를 노려봤다.

"그리고 기자회견을 여는 게 좋겠어. 가능한 한 빨리 일정을 잡자."

"부탁드립니다."

"그 기자회견, 다른 멤버들도 같이 나가도 될까요."

다이가가 예상 밖의 말을 꺼냈다. 구시카와가 깜짝 놀란 표정을 지었다.

"이건 이사미의 개인적인 문제니까 다이가가 관여할 필요는 없어."

"이사미 일이라면 저나 다른 멤버들과 무관하지 않아요."

다이가는 물러서지 않았다. 대체 뭐지. 이 자식은 무슨 속셈이지.

"저희도 함께 사과하게 해 주세요. 부탁드립니다."

다이가가 힘껏 고개를 숙였다. 구시카와는 잠시 생각에 잠겼다가 입을 열었다.

"알겠어. 그렇게까지 말한다면 같이 가자."

"감사합니다!"

성실한 청년처럼 행동하는 다이가가 무슨 생각을 하는지 전혀 읽을 수가 없었다.

오랜만에 걸친 정장은 몹시도 불편했다. 어울리지도 않는 옷을 억지로 입은 개가 된 기분이었다.

기자회견은 호텔 연회장에서 열릴 예정이었다. 같은 층의 회의실에 우리 백 나우 멤버들이 모여 있었다. 누구도 입을 열지 않았다. 다이가는 의자에 앉아 허공을 노려보고 후지와 유키는 스마트폰만 만지작거렸다. 히로히토는 평소보다 더 창백해 보이는 얼굴로 멍하니 앉아 있었다.

"다들, 정말 미안해."

구시카와에게 이미 상대측과 합의가 끝났으니 괜찮다는 설명을 들었지만, 그래도 할 말은 해야 한다는 생각으로 고개를 숙였다. 그러나 돌아온 것은 숨 막히는 침묵뿐이었다.

"나 때문에 이런 일이 생겨서 정말 미안해. 모두에게 진심으로 미안하게 생각해."

"장난하냐."

후지가 스마트폰을 내던지며 소리쳤다.

"내 블로그에 이상한 댓글이 잔뜩 달렸어! 다이가랑 유키랑 히로히토도 마찬가지야! 너 때문에 우리한테까지 불똥이 튀었다고! 사과만 하면 다 해결되는 줄 알아?!"

"진정해."

유키가 달래도 후지는 여전히 화가 난 얼굴로 나를 노려봤다.

"곧 기자회견인데 이러면 안 돼. 지금은 진심으로 사과하는 모습을 보일 때잖아."

"이제 곧 기자회견 시간이야."

구시카와가 시계를 보며 말했다. 유키가 회의실을 나가고 다이가와 후지가 차례로 그 뒤를 이었다. 히로히토가 출입구까지 가서 뒤를 돌아봤을 때, 이윽고 나도 걸음을 옮겼다. 회견장으로 향하며 히로히토가 내 귀에 입을 가까이 대고 속삭였다.

"그거, 생각해 봤어?"

"이런 상황에서 그 얘길 왜 꺼내."

"이런 상황이니까 하는 말이지."

히로히토는 이중 그 누구보다 침착해 보였다.

"사과 몇 마디로 백 나우의 이미지 추락을 피할 수는 없어. 어떻게 해도 앞으로 활동에는 지장이 생길 거야. 그럴 거면 차라리 스스로 다 부숴버리고 싶지 않아?"

"닥쳐."

내가 날카롭게 쏘아붙여도 히로히토는 웃는 듯한 표정을 지었다.

회견장은 이미 만석이었고 우리가 들어서자마자 카메라 플래시가 번쩍였다. 모두 함께 깊이 고개를 숙인 후 나는 마이크 앞에 섰다. 손이 잘게 떨렸다. 말 그대로 공개 처형이었다.

"이번에 저의 용서받을 수 없는 행동으로 피해자인 여성분께 깊은 상처를 드렸을 뿐만 아니라 팬 여러분과 관계자 여러분께도 막대한 폐를 끼친 점에 대해 진심으로 사과드립니다."

번쩍번쩍 번개처럼 터지는 플래시가 눈을 태웠다. 세상 전부가 적으로 보였다. 실제로 그랬다. 지금의 나는 아무리 심한 말을 들어도 불평할 수 없는 처지였다.

"해당 여성분께 폭행을 가하고 강제로 성행위를 한 것은 사실입니다. 따라서 여성분께 최대한의 사죄를 하고자 현재 협의를 진행하고 있습니다."

이윽고 질의응답 시간이 시작됐다. 가장 먼저 손을 든

것은 안경을 쓰고 머리를 단정히 묶은 여성 기자였다.

"사죄하겠다고 하셨는데, 피해 여성의 마음이 보상금으로 해결된다고 생각되지 않습니다."

적의를 숨기지 않는 목소리에 움츠러들었다. 그야말로 바늘방석이었다.

"물론 저도 그렇게 생각합니다. 하지만 지금 저에게는 상대분께서 납득할 수 있는 보상금을 지급하는 것 외에 성의를 보일 방법이 없습니다. 피해에 상응하는 금액을 제시했고 상대분께서도 이해해 주셨습니다."

다음 질문은 눈빛이 날카로운 남자 기자였다.

"애초에 왜 여성을 폭행했습니까? 특별한 이유가 있었습니까?"

마이크를 쥔 손이 여전히 떨렸다. 이렇게까지 겁먹은 스스로가 한심했다.

"그저 홧김에 그랬다고밖에는 드릴 말씀이 없습니다. 제멋대로 여성의 존엄을 훼손한 점은 정말로 죄송하게 생각합니다."

강한 플래시 너머로도 눈빛이 날카로운 남자가 미간

을 찌푸리는 것을 알 수 있었다.

"그렇다면 다른 멤버 중에 하고 싶은 말이 있는 분 계신가요?"

가장 먼저 다이가가 손을 들었다. 다이가는 금방이라도 울음을 터뜨릴 것 같은 얼굴이었다. 연기를 하고 있다는 것을 단번에 알 수 있었다.

"저를 때렸을 무렵부터 이사미는 눈에 띄게 정서적으로 불안정한 상태라 뭔가 이상하다고 느끼고는 있었습니다. 그걸 알고 있었으면서도 아무것도 하지 못했기 때문에 같은 백 나우 멤버로서 정말로 마음이 아픕니다."

지금 다이가는 내게 맞은 데에다 자신의 활동 무대까지 더럽혀진 비극의 인기 멤버로 카메라에 비치고 있을 것이다.

다이가가 왜 멤버 전원이 함께 기자회견을 열자고 했는지 이제야 알았다. 이렇게 또 나를 깎아내리고 자신을 치켜세우려는 속셈이었다. 정말이지 지독한 녀석이었다.

"앞으로의 활동은 어떻게 할 예정입니까?"

안경을 쓰고 머리를 단정하게 묶은 여성 기자가 다시

질문하자 리더인 유키가 대답했다.

"이사미에게는 엄중한 처벌이 내려질 예정이지만 아직 결정된 바는 없습니다. 다만 어떤 처분이 내려지더라도 피해자 측 대리인의 허락을 받은 만큼 이번 달 25일에 예정된 팬클럽 한정 콘서트는 개최하는 방향으로 검토하고 있습니다."

유키는 역시 최연장자이자 리더답게 등을 곧게 편 당당한 모습이었다.

"이번에 이사미가 절대로 용납할 수 없는 행동을 저질렀지만, 콘서트를 손꼽아 기다려 주신 팬 여러분과는 무관한 일입니다. 이런 상황이지만, 오히려 이런 상황이기 때문에 팬 여러분의 마음에 성의를 다해 보답하고 싶습니다."

유키가 마이크를 내려놓았다. 요란한 플래시의 섬광이 더욱 거세졌다.

한 시간 동안 진행된 기자회견은 끝으로 멤버 전원이 고개를 숙이며 마무리됐다.

회의실로 돌아온 나는 껍데기만 남은 것처럼 파이프

의자에 힘없이 앉아 허공을 응시했다.

앞으로의 일에 대한 두려움도 있었지만, 강렬한 플래시 빛에 영혼을 뽑힌 기분이었다.

제5장

계획

쇼지 하나코

요후네는 총으로 죽이자고 말했다.

나는 반대하지 않았다. 총을 끔찍이 사랑하는 요후네가 찔러 죽이거나 때려죽이는 방식이 아닌 총살을 선택한 것이 지극히 당연하다고 생각했다.

"문제는 화약이야."

요후네는 그렇게 말하며 내게 메모 한 장을 건넸다. 우리는 동관 끝에 있는 과학 준비실로 향했다.

"여기에 적힌 약품들이 필요해. 위에 세 가지는 학교 과학실에 있지만, 아래 두 가지는 약국에서 사야 해. 극약으로 지정돼 있거든."

"뭔가 들어본 적 없는 약품들뿐이네."

화학 성적이 변변찮은 나는 약품 이름을 들어도 도무지 감이 잡히지 않았다. 요후네는 입꼬리를 올려 웃었다.

"고등학교 수업에서는 안 쓰니까. 하지만 화학부라면 실험에 쓸 거야."

"그걸 나눠 달라고 하려고?"

"아니, 훔쳐야지."

"그게 가능해?"

그렇게 이야기를 나누는 사이에 우리는 과학 준비실에 도착했다. 요후네가 바지 뒷주머니에서 철사를 꺼냈다.

"그걸로 자물쇠를 열 수 있어?"

"자물쇠 따는 연습은 해 뒀으니까 괜찮아. 너는 누가 오는지 망을 봐."

찰칵찰칵, 자물쇠를 건드리는 소리가 들렸다.

나는 조마조마한 마음으로 주변을 살폈다. 선생님께 들키면 뭐라고 변명할까. 약품을 훔치려 했다고 솔직히 말하면 정학은 피하기 힘들 텐데.

얼마 후 철컥, 하는 경쾌한 소리가 들렸다.

"열렸어?"

"열렸어."

요후네는 태연한 표정이었지만, 자세히 보니 이마에 구슬 같은 땀방울이 맺혀 있었다. 겉으로는 드러내지 않았지만, 꽤 긴장했던 모양이다.

"그러면 안으로 들어갈게. 계속 망을 봐 줘."

"응."

요후네가 과학 준비실 안으로 들어가고 나는 다시 망을 보기 시작했다.

요후네는 정말로 이사미를 죽일 생각이구나. 그런 확신이 들자, 가슴 틈새로 서늘한 바람이 불었다.

소년법의 보호를 받아도 살인은 틀림없이 중죄다. 최소한 소년원은 피하기 어려울 것이다. 요후네는 그 사실을 어떻게 받아들이고 있을까.

자신의 앞날이 완전히 끝장날 텐데, 두렵지 않은 걸까.

"쇼지?"

나를 부르는 소리에 깜짝 놀라 숨을 멈췄다. 목소리가 들린 쪽을 보니 프린트를 한 아름 품에 안은 사토가 서 있었다.

“이런 데서 뭐 해?”

“사토야말로…….”

“나? 나는 오늘 당번이거든. 5교시가 세계사잖아. 수업에 쓸 프린트를 가져가 달라고 부탁받아서.”

그러고 보니 이 근처에 사회과 준비실도 있었지. 요후네, 복도에서 나누는 대화를 눈치채 줘. 나는 기도하는 심정으로 과학 준비실 문을 응시했다.

“있잖아, 아까 쇼지가 쓰키미야랑 같이 교실에서 나가는 걸 봤는데.”

쓰키미야. 그 이름만 나와도 심장이 덜컥 뛰었다. 황급히 지은 미소는 틀림없이 어색할 것이다.

“쓰키미야랑 화해했어?”

“응, 뭐…….”

“그렇구나. 다행이다!”

진심으로 그렇게 생각하는 듯 사토는 해맑게 웃었다.

“너희 둘, 정말 잘 어울려.”

“그래?”

“응. 잘 되면 꼭 알려 줘!”

사토는 프린트 뭉치를 품에 안고 교실 쪽으로 걸어갔다. 그 뒷모습이 시야에서 사라질 때쯤 과학 준비실 문이 조심스레 열렸다.

"사토, 갔어?"

요후네의 얼굴은 굳어 있었다. 우리 목소리가 안쪽까지 들린 모양이었다.

"괜찮아. 의심하는 기색은 없었어."

"다행이다."

요후네는 복도로 나와 내게 약품을 건넨 뒤 다시 철사를 꺼내서 자물쇠를 달그락거리기 시작했다. 이번에는 불과 삼십 초 만에 문이 잠겼다.

"설마 같은 반 애가 화약을 만들고 있다고는 생각도 못 하겠지."

"사토는 그냥 나랑 네가 사귀고 있다고 생각해."

"너는 나랑 사귈 생각 없어?"

나는 곧바로 대답할 수 없었다. 그럴 생각이 없다고 말하면 요후네가 이사미를 죽여주지 않을 것 같고, 그렇다고 사귀자고 선뜻 대답할 수도 없었다.

"이상한 농담해서 미안해."

요후네는 밝게 웃으며 그렇게 말했다.

일요일 정오, 학교에서 가장 가까운 역을 지나는 노선
의 종착역에서 열두 시에 만나기로 했다.

아직 장마가 끝났다는 발표는 없었지만 비는 내리지
않았고, 아침부터 여름 햇볕이 쏟아졌다.

어른스러운 옷차림으로 오라는 요후네의 말에 옷을
고르느라 꽤 고생했다. 차분한 색상을 고르면 좀 더 어른
스러워 보일까 싶어 모스 그린 컬러의 티셔츠와 무릎까
지 오는 검은색 치마를 맞춰 입었다. 화장도 살짝 했다.
아이라이너와 마스카라로 눈매를 강조하고 입술에 핑크
색 글로스를 살짝 칠했을 뿐인데도 거울 속의 나는 무척
세련되어 보였다.

"좋다. 그 옷이랑 메이크업, 엄청 어른스러워 보여."

약속 장소에 먼저 와 있던 요후네가 곧바로 칭찬했다.
요후네는 모스 그린 컬러의 체크 셔츠에 청바지 차림이
었다. 이게 요후네 나름대로 어른스러워 보이려는 차림

이구나. 우리 둘 다 모스 그린 컬러를 골랐다는 사실이
왠지 의미심장하게 느껴졌다.

"오늘 사려는 건 스무 살이 넘은 사람한테만 팔거든."

"옷차림만으로 속일 수 있을까?"

"이게 있으니까."

요후네는 걸어가며 지갑에서 카드를 꺼내 내게 보여
줬다. 고등학생은 가질 수 없는 운전면허증에는 요후네
의 얼굴 사진이 붙어 있었다. 하지만 이름은 다른 사람이
었다.

"이게…… 뭐야?"

"위조한 운전면허증."

"그런 짓을 해도 돼?"

"들키면 불법이지. 그래도 안 들킬 거야."

요후네는 믿음직한 미소를 지었다.

"당당하면 괜찮아. 괜히 수상한 태도를 보이면 의심받
기 마련이거든. 그러니까 너도 당당하게 굴어."

가짜 신분증으로 위험한 약품을 산다는 비일상적인
스릴에 심장이 빠르게 뛰었다. 나는 두근거림을 감추려

고 힘껏 고개를 끄덕였다.

요후네가 봐둔 약국은 체인점이 아니라 낡은 동네 약국 같은 분위기였다. 2000년대 이전에 시간이 멈춘 듯한 가게 안에는 우리 외에 다른 손님이 없었다. 요후네가 원하는 약품명을 말하자 주인이 신분증을 요구했다. 주인은 가짜 운전면허증을 보고도 안색 하나 변하지 않았다. 본인 확인 서명을 하는 동안 주인이 말을 건넸다.

"형씨, 꽤 어려 보이네. 고등학생인 줄 알고 깜짝 놀랐어."

"동안이라는 말 자주 들어요."

웃으며 대답하는 요후네 옆에서 나는 치맛자락을 꽉 움켜쥐었다. 주인의 시선이 나를 향했다.

"이쪽은 여동생이야?"

"네. 얘는 고1이에요."

"닮았네."

아무것도 모르는 주인이 싱긋 웃었다.

무사히 약품을 사고 돌아오는 길에 우리는 동시에 숨을 내쉬었다.

"진짜 심장 터질 뻔했어."

"나도."

서로 얼굴을 마주 본 순간 동시에 웃음이 터져 나왔다. 팽팽하던 긴장이 풀리자, 화제가 넘쳤다.

"나 보고 너랑 닮았대. 그럴 리가 없는데! 진짜 남매처럼 보였나 봐."

"아까 그 사람, 쉰은 훌쩍 넘은 느낌이었잖아. 젊은 애들 얼굴은 다 비슷해 보이겠지."

그런 이야기를 나누며 걷다가 어느새 요후네가 내 손을 잡았다.

나도 싫지 않아서 가만히 있었다.

맥도날드에서 점심을 먹은 우리는 요후네의 별채로 향했다.

요후네는 갓 손에 넣은 약품들을 곧장 배합해 화약을 만들기 시작했다. 그 모습은 흡사 화학 실험 같았다.

"위험하니까 조금 떨어진 데서 보고 있어. 폭발하면 큰일이니까."

"너 정말 대단하다. 화약까지 만들 줄 알다니."

"인터넷에서 만드는 법을 본 게 전부고 나도 이런 건 처음이야."

요후네는 숟가락으로 약품 가루를 퍼서 섞었다. 그 손은 여자아이처럼 가늘고 하얬다. 그 손으로 이제부터 사람을 죽이려 한다니 도무지 믿기지 않았다.

"저기, 정말 괜찮아?"

"뭐가?"

요후네는 아무것도 모르는 듯한 목소리로 말했다.

"정말로 이사미를 죽여 줄 거야? 그런 짓을 하면 요후네의 미래가 끝장나는데도?"

나는 부탁하고도 계속 그 생각만 했다.

이제부터 우리가 하려는 일은 여성을 폭력으로 짓밟는 것보다 더 용서받을 수 없는 짓이다. 반드시 붙잡힐 테고 사형은 면하더라도 무거운 처벌은 피할 수 없다.

나는 미래에 아무런 기대도 없으니 괜찮지만, 요후네는 정말 괜찮을까.

"난 나중에 뭐가 되고 싶다거나, 뭘 하고 싶다거나, 그런 게 하나도 없어.”

요후네가 손을 계속 움직이며 말했다.

“아버지는 늘 날 차갑게 대했고, 엄마는 그걸 모른 척 했고, 학교에는 친구도 없었어. 그런 인생을 살아와서 그런지 앞으로 뭔가 크게 달라진다는 생각이 안 들어. 지금보다 나은 상황이 기다리고 있다는 생각도 해본 적 없었고. 그런데 네가 나타난 거야.”

조금 쑥스러웠는지 요후네의 목소리가 흔들렸다.

“네가 바라는 일이라면 난 뭐든 할 수 있어. 그게 내 삶의 보람 같은 거니까.”

“그거 진심이야?”

“이런 얘기를 어떻게 가짜로 해.”

요후네가 손을 멈췄다.

“좋아. 오늘은 여기까지.”

“눈앞에서 보는데도 뭘 하고 있는지 전혀 모르겠더라.”

“너는 몰라도 돼.”

“뭐야, 그게. 나 무시하는 거야? 조금 분한데.”

"무시한 거 아니야. 그보다 오늘 6시에 이사미 기자회견이 있잖아? 이제 곧 시작할걸."

요후네가 리모컨에 손을 뻗었다.

작은 텔레비전 화면 속에 이사미를 비롯한 백 나우 멤버들의 모습이 나왔다. 이사미는 새까만 정장을 입고 입술을 굳게 다문 채 앉아 있었다.

아직도 이사미의 얼굴을 보는 것만으로도 가슴이 꽉 조이고 아리다는 사실에 숨이 막혔다.

쓰키미야 요후네

화면 너머로 보이는 이사미의 모습은 평소보다 훨씬 더 작아 보였다. 어울리지 않는 정장 차림은 안쓰러웠고 얼굴은 경직되어 보였다.

"이번에 저의 용서받을 수 없는 행동으로 피해자인 여성분께 깊은 상처를 드렸을 뿐만 아니라 팬 여러분과 관계자 여러분께도 막대한 폐를 끼친 점에 대해 진심으로 사과드립니다. 해당 여성분께 폭행을 가하고 강제로 성행위를 한 것은 사실입니다. 따라서 여성분께 최대한의 사죄를 하고자 현재 협의를 진행하고 있습니다."

옆에 앉은 하나코를 보니 눈빛은 여전히 사랑하는 이를 향한 열기를 띠었지만, 표정은 차갑게 굳어 있었다.

하나코는 여전히 이사미에 대한 애정을 끊어내지 못했다. 그 사실을 다시 깨닫자 가슴이 아렸다.

모여든 기자들 사이에서 질문이 쏟아졌다.

"사죄하겠다고 하셨는데, 피해 여성의 마음이 보상금으로 해결된다고 생각되지 않습니다."

그 목소리는 강간범을 향한 적의를 숨기지 않았다. 질문을 받는 이사미의 얼굴이 화면에 가득 찼다.

"물론 저도 그렇게 생각합니다. 하지만 지금 저에게는 상대분께서 납득할 수 있는 보상금을 지급하는 것 외에 성의를 보일 방법이 없습니다. 피해에 상응하는 금액을 제시했고 상대분께서도 이해해 주셨습니다."

"바보 같아."

하나코가 내뱉듯이 말했다. 그 어깨에 조용히 팔을 두르자, 하나코는 순순히 내게 몸을 기댔다.

다른 기자가 질문을 던졌다.

"애초에 왜 여성을 폭행했습니까? 특별한 이유가 있었습니까?"

이사미는 잔뜩 긴장한 목소리로 답했다.

“그저 홧김에 그랬다고밖에는 드릴 말씀이 없습니다. 제멋대로 여성의 존엄을 훼손한 점은 정말로 죄송하게 생각합니다.”

번쩍대는 강렬한 빛이 화면 너머에서 쉴 새 없이 점멸했다.

하나코가 낮게 읊조렸다.

“이사미, 정말 한심하다.”

싸늘하게 식은 목소리였다.

“응, 정말 한심하네.”

내가 그렇게 말하자 하나코는 천천히 고개를 끄덕였다.

이윽고 이사미를 제외한 멤버들이 하나둘 입을 열기 시작했다. 가장 먼저 마이크를 잡은 사람은 최고의 인기를 자랑하는 다이가였다.

“저를 때렸을 무렵부터 이사미는 눈에 띄게 정서적으로 불안정한 상태라 뭔가 이상하다고 느끼고는 있었습니다. 그걸 알고 있었으면서도 아무것도 하지 못했기 때문에 같은 백 나우 멤버로서 정말로 마음이 아픕니다.”

얼굴에 비장한 기색을 띠고 금방이라도 울 것 같은 목

소리로 말하는 다이가. 역시 배우다. 연기라는 것을 단번에 알 수 있었다. 속으로는 이사미가 스스로 자멸해서 오히려 잘됐다고 생각할 것이다.

이어서 앞으로의 활동에 관한 질문이 나오자 리더인 유키가 마이크를 쥐었다.

"이사미에게는 엄중한 처벌이 내려질 예정이지만 아직 결정된 바는 없습니다. 다만 어떤 처분이 내려지더라도 피해자 측 대리인의 허락을 받은 만큼 이번 달 25일에 예정된 팬클럽 한정 콘서트는 개최하는 방향으로 검토하고 있습니다. 이번에 이사미가 절대로 용납할 수 없는 행동을 저질렀지만, 콘서트를 손꼽아 기다려 주신 팬 여러분과는 무관한 일입니다. 이런 상황이지만, 오히려 이런 상황이기 때문에 팬 여러분의 마음에 성의를 다해 보답하고 싶습니다."

"백 나우 팬클럽 가입했지?"

하나코가 물었다. 눈빛에 강한 결의가 어려 있었다.

"가입했어."

"지금 정말 좋은 생각이 떠올랐어."

"나도. 셋을 세면 동시에 말하자."

하나코와 손깍지를 꼈다. 하나코의 얼굴에 미소가 어렸다.

"셋."

사랑하는 하나코.

"둘."

이 순간에도 이사미를 완전히 미워하지 못하는 하나코.

"하나."

그래서 나는 네가 사랑하는 사람을 없애기로 했다.

"팬클럽 한정 콘서트에서 죽이자."

두 사람의 목소리가 겹쳤다. 나는 하나코의 손을 꼭 잡았다. 여자아이의 손은 매끄럽고 놀라울 정도로 부드러웠다.

"무대 위에 있는 이사미에게 총을 겨누는 거야. 콘서트라면 도망칠 곳도 없어."

"모두가 보는 앞에서 죽이는 거네."

"이왕이면 화려하게 죽이는 게 좋잖아."

“응.”

약간 충혈된 눈으로 고개를 끄덕이는 하나코의 입술에 내 입술을 포개었다. 짧게 스치는 키스였지만, 지난번보다 훨씬 따뜻하게 느껴졌다. 가냘픈 몸을 끌어안자, 하나코가 내 가슴에 기댔다.

“고마워.”

곱씹는 듯한 목소리였다.

“지금 말해두고 싶었어.”

대답 대신 하나코의 뒤통수를 조심스럽게 쓰다듬었다. 고양이 털처럼 보드라운 머리카락은 약간 차가웠다.

분위기가 무르익었다고 느꼈다. 그대로 섹스를 하고 싶었지만, 하나코는 몸을 떼어냈다.

“나 이제 슬슬 갈게.”

벽에 걸린 시계는 일곱 시를 가리키고 있었다. 하나코는 매일 저녁 식사를 준비한다고 했으니 이제 돌아가야 할 시간이었다.

“버스 정류장까지 바래다줄게.”

둘이 나란히 집을 나서려는 순간, 정장 차림의 아버지

와 마주쳤다. 때마침 회사에서 돌아오는 길인 듯했다. 아버지는 의심하는 눈빛으로 하나코를 위아래로 훑었다.

"안녕하세요."

아버지는 예의 바르게 인사하는 하나코를 무시하고 나를 향해 말했다.

"둘이 지금까지 뭘 하고 있었어."

"방에 있었어."

"방에서 뭘 했냐고 묻잖아."

"같이 공부했어."

"거짓말하지 마라."

옆에서 하나코가 겁에 질린 기색이 느껴졌다. 빨리 지나치려고 걸음을 재촉하자, 뒤에서 의심 가득한 목소리가 따라왔다.

"집에 돌아오면 각오해라."

그 말을 무시하고 하나코와 함께 걸었다. 대문을 지나 조금 걷다가 뒤를 돌아보니 아버지가 이쪽을 노려보며 서 있었다. 하나코가 조용히 말했다.

"미안해, 나 때문에."

"괜찮아."

작은 어깨에 조심스럽게 손을 올렸다.

"이제 곧 이런 일도 끝날 테니까."

이사미를 죽이면 이 집과 작별할 수 있다. 미성년자 살인범의 부모라는 꼬리표 때문에 아버지와 어머니는 이 동네에서 고개를 들고 다니지 못할 것이다.

딱히 복수를 위해 살인을 저지를 생각은 아니었지만, 창백해지는 아버지의 얼굴을 상상하면 웃음이 나올 것 같았다.

"내게는 네가 있어."

하나코가 나를 올려다봤다. 동그란 눈동자는 마치 작은 동물처럼 사랑스러웠다.

"그것만으로 충분해."

버스 정류장까지 하나코를 데려다주고 돌아온 나는 당연히 아버지에게 맞았다. 아버지는 목검을 들고 내 등을 몇 번이나 내려쳤다. 여자아이를 집에 들이다니 10년은 이르다는 둥 이런저런 말을 늘어놓았다.

맞으면서 아버지에게 총을 쏘는 상상을 했다. 그 화약

만 완성되면 아버지도 죽일 수 있다. 그러지 않는 이유는 내 안에 한 자락 온정이 남아 있기 때문이다. 키워준 부모라는 이유 때문은 아니다. 그저 내 안에 남은 다정함이 날 멈춰 세울 뿐이다.

게다가 부모를 직접 죽이기보다 이사미를 죽여서 아버지와 어머니를 살인자의 부모로 만드는 편이 훨씬 마음이 들었다.

이사미를 죽이는 것은 하나코를 위한 일이자 나 자신을 위한 일이기도 했다.

✦

후지카와 이사미

✦

사과 기자회견이 끝나도 우리는 곧바로 밖으로 나갈 수 없었다.

호텔 밖에는 우리를 노리는 취재진이 플래시를 터뜨리고 사진을 찍어대며 출입구를 가득 메웠다. 안전이 확보될 때까지 대기실에서 기다리라는 지시가 내려왔다.

"이거 어떻게 할 거야."

스마트폰을 보던 다이가 화면을 들이밀었다. 조금 전 기자회견을 보도한 인터넷 뉴스 댓글 창에는 욕설이 난무했다.

'기자회견 봤는데 진짜 열받더라.'

'어차피 자기가 뭘 잘못했는지 제대로 생각도 안 하

겠지.'

'다른 멤버들만 불쌍해. 이런 쓰레기랑 같은 그룹이 돼서.'

'다른 멤버들까지 대신 사과하게 만든 느낌이었어. 진짜 열받아.'

'여동생이 팬이었는데 이제 안 본다고 하더라. 약한 여자를 폭행하는 건 이미지가 너무 별로잖아.'

…….

미처 시선을 돌리기도 전에 멱살을 잡혔다. 숨 돌릴 틈도 없이 고함이 쏟아졌다.

"봐! 제대로 보라고! 네가 무슨 짓을 했는지, 그 결과로 어떻게 됐는지 눈 부릅뜨고 똑바로 보란 말이야!"

"다이가, 진정해."

구시카와가 달려와서 다이가를 말렸다. 유키도 합류했다.

양옆의 두 사람에게 붙들려 내게서 떨어졌지만, 다이가는 여전히 어깨로 거칠게 숨을 몰아쉬었다. 마치 흥분한 고양이처럼 씩씩대는 숨이 새어 나왔다.

"다 너 때문이야."

다이가가 낮은 목소리로 말했다.

"너 때문에 백 나우는 완전히 엉망이 됐어."

"어디 가."

다이가가 대기실을 뛰쳐나가자, 구시카와가 뒤를 쫓았다.

유키는 소름이 돋을 정도로 차가운 눈빛으로 나를 훑었다. 후지 또한 나를 노려봤다. 히로히토는 대기실 구석에서 폭풍이 지나가기만을 기다리는 강아지처럼 불안한 눈빛으로 주위를 두리번거렸다.

겨우 택시에 올라타 목적지를 말했다. 내 집이 아닌 히로히토의 주소였다.

넥타이를 느슨하게 풀고 스마트폰을 꺼내서 히로히토에게 전화를 걸었다. 신호음이 세 번 울린 뒤 히로히토가 받았다.

"여보세요"

"여보세요. 지금 네 집으로 가도 돼?"

그때, 백미러 너머로 운전기사와 눈이 마주쳤다고 느꼈다. 운전기사는 내가 후지카와 이사미라는 사실을 확실히 아는 모양이었다. 그리고 내가 폭행 사건을 일으켰다는 사실도.

소름이 오소소 끼치며 정장 안쪽을 스쳐 지나갔다.

"와도 되는데, 나는 금방 집에 못 들어가. 유키랑 같이 지금부터 사무실에 들러야 해서."

나를 제외한 다른 멤버들만 사무실로 불려 간 모양이다. 대체 무슨 일일까.

운전기사가 귀를 기울이는 것 같아서 목소리를 낮췄다.

"괜찮아. 기다릴 수 있어."

"그러면 맨션 로비에 있어. 연락할게."

통화가 끊기자 갑자기 마음이 허전해졌다. 택시는 시속 60킬로미터로 히로히토의 맨션을 향해 달렸다.

도중에 편의점에 들러 술과 안주를 고르는데, 도시락을 살펴보는 젊은 남자와 시선이 마주친 듯했다. 계산대에서 결제할 때도 여자 점원이 나를 빤히 쳐다봤다.

여기 있는 모두가 인터넷에 후지카와 이사미가 여기

있었다는 글을 올릴 것이라는 피해망상에 사로잡혀 쉽사리 마음이 가라앉지 않았다. 히로히토를 제외한 모두가 적으로 보였다.

히로히토의 맨션 로비에 있는 소파에서 시간을 보내는 동안에도 바짝 신경을 곤두세워야 했다.

이곳은 연예인이 많이 거주하는 고급 맨션이다. 주간지 기자가 잠복하고 있어도 이상할 것이 전혀 없었다. 언제든 도망칠 수 있도록 대비해야 했다.

이윽고 나타난 히로히토는 사무실에서 옷을 갈아입었는지 정장 대신 티셔츠와 청바지 차림이었다.

"무슨 얘기였어?"

"이사미는 무기한 활동 중지래."

둘만 탄 엘리베이터 안에서 그런 이야기를 나눴다. 히로히토는 잘못한 것도 없으면서 마치 나쁜 짓을 하고 혼난 아이처럼 시무룩했다.

"왜 나한테는 말을 안 했을까."

"너한테는 나중에 따로 전달하지 않을까? 아마 구시카와 씨가 배려했을 거야. 다섯 명 전부 있을 때 말하면 또 다이가가 흥분해서 네 멱살을 잡을 테니까.”

“그렇구나.”

“그리고 다음 달 발매 예정이던 앨범도 연기됐어.”

“그러면 다이가한테 멱살을 잡혀도 할 말이 없지.”

엘리베이터가 멈췄다. 히로히토 집에 도착하자마자 우리는 곧바로 술을 마시기 시작했다.

히로히토는 평소보다 훨씬 많이 마셨다. 도수가 높은 술만 골라 연달아 속에 들이부었다. 둘 다 말이 없었다. 기분 좋은 침묵 속에서 흐릿한 취기에 몸을 맡긴 채 내가 말했다.

“너, 아직도 죽고 싶어?”

히로히토는 풀린 눈으로 나를 바라봤다. 그 표정에는 미안함이 가득했다.

“너는 지금 그런 걸 생각할 상황이 아니잖아.”

“그럴 상황이 아니라서 더 생각하게 돼.”

히로히토는 천천히 눈을 깜빡였다. 그것은 긍정의 표시로 보였다.

“난 이제 끝났잖아. 활동을 재개한다 해도 나빠진 이미지는 되돌릴 수 없어. 떠난 팬들도 돌아오지 않을 거고."

스스로 말하면서도 울고 싶어졌다. 그딴 여자 하나 때문에 끝장나다니. 더 높은 곳으로 올라가고 싶었다. 더 많은 것을 손에 넣고 싶었다. 나는 이제 시작이었다. 하지만 모든 게 완전히 달라져 버렸다.

"그러니까 마지막으로 네 소원 정도는 내가 이룰 수 있게 해 줘."

나는 히로히토의 목에 두 손을 얹었다. 히로히토는 천천히 바닥으로 쓰러졌고 나는 그의 위에 올라탔다. 히로히토는 속눈썹이 긴 눈을 감았다.

두 손에 힘을 주자 히로히토가 콜록대며 기침을 터뜨렸다. 그럼에도 멈추지 않고 계속 목을 조르자, 히로히토의 얼굴이 점점 붉게 물들었다. 붉은 얼굴이 보랏빛으로 변하려는 찰나에 손을 놓았다.

황급히 몸을 떼자, 히로히토는 괴로운 듯 몸을 일으켜 여러 번 기침했다.

"안 죽여 줄 거야?"

히로히토가 말했다. 애원하는 듯한 목소리였다.

“죽일 거야. 하지만 지금은 아니야.”

“지금이 아니면 언제야?”

조금 생기가 돌아온 얼굴로 히로히토가 물었다. 나는 캔에 남아 있던 맥주를 단숨에 들이켰다.

“괜찮아. 그렇게 오래 기다리게 하진 않을게. 준비가 되면 언제든 실행할 거야.”

내 말이 믿기지 않는지 히로히토는 조금 불만스러운 표정으로 나를 바라봤다.

그날 밤, 나는 히로히토의 집에서 묵었다. 내게 침대를 양보한 히로히토는 바닥에서 담요 한 장만 덮은 채 잠들었다.

나는 새벽까지 잠들지 못한 채 생명의 증표와도 같은 그 숨소리를 계속 들었다.

제6장

종언

＊

쇼지 하나코

＊

7월 25일에 예정된 팬클럽 한정 행사에 요후네와 내가 나란히 당첨됐을 때, 우리는 손을 맞잡고 기뻐했다.

요후네의 집 별채에서 우리는 전야제라는 명목으로 콜라와 함께 건배했다.

"후지카와 이사미는 자기가 곧 죽게 될 줄은 꿈에도 모르겠지."

요후네는 술을 마시지 않았는데도 살짝 상기된 얼굴로 말했다. 나 역시 계획이 순조롭게 진행되고 있다는 기쁨에 말이 술술 나왔다.

"나쁜 짓을 한 벌이야. 한 사람의 운명이 내 손안에 있다는 게 이상하게 기분이 좋아."

"동물은 지금까지 많이 죽여 봤지만, 사람은 처음이야. 사람의 목숨이 내 손에 달려 있다고 생각하니까 두근거려."

"나도 두근거리기 시작했어."

요후네가 내 머리를 헝클어뜨리듯이 쓰다듬었다. 나는 요후네의 어깨에 머리를 기댔다. 섬유유연제의 좋은 향기가 났다.

"이벤트 전에 우리 둘이 어디 갈래? 어디든 데려가 줄게. 네가 가고 싶은 곳이면."

요후네의 노래하듯 부드러운 목소리가 내려앉았다.

"왜?"

"체포되잖아. 그러면 한동안은 아무 데도 못 갈 테니까."

"그래, 그렇지."

그날이 둘이 함께 있을 수 있는 마지막 시간이었다. 알고 있으면서도 가슴이 조금 오그라드는 듯한 쓸쓸함이 밀려왔다.

"고맙지만 괜찮아. 평소처럼 지낼 수 있으면 돼."

“그래.”

“너는 잡히는 거 안 무서워?”

요후네의 손이 내 손을 꽉 잡았다.

“하나도 안 무서워.”

“왜? 나는 무서운데.”

“나는 이렇게 일상이 계속되는 게 더 무서워.”

“무슨 뜻이야?”

내 손을 쥔 요후네의 손은 뜨거웠다.

“하루하루가 소소하게 괴롭고 정신이 아득해질 만큼 길어. 이런 날들이 사는 내내 계속된다고 생각하면 미쳐버릴 것 같아. 계속 스스로 부숴버리고 싶다고 생각했어.”

대답할 말을 찾지 못한 나는 입을 다물었다. 요후네가 나와 눈을 맞추고 미소 지었다.

“그래서 부술 이유를 준 네게 고마움을 느끼고 있어.”

요후네는 막막한 표정으로 웃었다.

집에 돌아오니 아직 7시 반이었다. 부모님이 돌아오는 시간은 8시쯤이었다. 두 사람을 위해 저녁을 준비해야 했다.

미리 준비해 둔 것이 없어 사다 놓은 소면을 삶고, 고명으로 쓸 생강을 갈고 파를 다졌다.

차갑게 식힌 소면을 접시에 담으려는데 스마트폰이 울렸다. 아빠였다.

'미안, 오늘 좀 늦을 것 같아. 저녁은 엄마랑 먼저 먹어.'

라인으로 답장을 보내며 결국 가족 셋이 저녁을 함께 먹는 일은 없겠다고 생각했다. 원래 아빠나 엄마에게 기대 따위 하지 않았다. 오래전부터 애정이 희미한 가족이었다. 그런데도 왠지 쓸쓸하게 느껴지는 이유가 뭘까.

이 집에서 나는 혼자다.

"소면이라니 저녁이 너무 허술하네."

8시가 조금 넘어서 돌아온 엄마는 그렇게 말하며 식탁에 앉았다. 잘 먹겠다는 말도 없이 단둘이 조용히 식사를 시작했다.

텔레비전에서 흘러나오는 예능 프로그램 소리가 공허하게 흐르고 두 사람이 소면을 후루룩거리는 소리가 울렸다. 아무런 예고도 없이 엄마가 입을 열었다.

"너, 요즘 몰래 뭐 하고 다니니?"

엄한 말투였다. 날카로운 시선이 똑바로 나를 향했다.

"밖에 나가는 일이 잦아진 것도 알고 있어. 부모를 속일 수 있다고 생각하지 마."

"……."

"뭘 하고 다니는지 말해."

순간 뜨거운 것이 목덜미에서 폭발해서 머리끝까지 솟구쳤다.

"엄마랑은 상관없잖아!"

그렇게 쏘아붙이고 젓가락을 내려놓았다. 내 식기를 싱크대로 가져가려 하자 엄마의 목소리가 뒤따라왔다.

"부모한테 그게 무슨 태도니! 상관없을 리가 없잖아."

"진짜로 상관없다고!"

줄곧 나를 외면해 놓고 이제 와서 부모의 권리를 내세우는 것은 용서할 수 없었다.

저런 사람은 살인자의 부모가 딱 어울린다.

"하나코! 거기 서!"

나는 계단을 뛰어 올라가 내 방으로 도망쳤다.

왈칵 쏟아져 나오는 뜨거운 눈물을 손등으로 거칠게 문질러 닦았다.

고등학교 생활 중 첫 4개월이 끝났다.

학교 건물에서 쏟아져 나오는 학생들은 내일부터 시작되는 42일간의 긴 휴식에 눈을 반짝였고, 발걸음도 한결 가벼웠다. 희끗한 햇볕이 날카롭게 쏟아지고 맴맴 우는 매미 소리가 체감 온도를 높였다.

나와 요후네는 여느 때처럼 나란히 역으로 향하는 가로수길을 걸었다. 언제부턴가 둘이 걸을 때 남의 시선을 개의치 않게 됐다.

"지금부터 바다에 가자."

나는 갑작스러운 제안에 당황했다.

요후네는 마치 장난기가 발동한 아이 같은 표정이었다.

"평소처럼 지내면 된다고 했잖아."

"내가 가고 싶어서 그래."

요후네답지 않게 강한 말투였다.

우리는 오다큐 전철을 타고 목적지인 에노시마에서

내렸다. 바닷가 주변은 도심보다 기온이 높았고, 모래사장에 내리쬐는 햇살은 강렬했으며, 바다 내음 가득한 바람이 머리카락을 휘감았다.

"어디 가?"

요후네는 아무 말 없이 모래사장으로 내려가 성큼성큼 파도가 치는 곳으로 걸어갔다. 평소보다 걸음이 빨라서 나는 쫓아가기도 벅찼다.

파도 가까이에 다다른 요후네는 교복 바짓단을 걷어 올리고 구두와 양말을 벗었다.

"뭐 해?"

"너도 벗어. 신발이랑 양말."

시키는 대로 벗자, 요후네는 만족스러운 표정으로 이쪽을 보더니 물속으로 들어갔다. 물이 첨벙첨벙 사방으로 튀었다.

"다 젖잖아."

"젖고 싶어."

"응?"

"됐으니까 너도 빨리 와."

요후네가 이리 오라는 듯 손짓했다.

대체 뭘 하려는 걸까. 의아해하며 바닷물에 발을 담갔다. 생각보다 물이 차가웠다. 그 순간, 찰박 소리와 함께 치마에 세차게 물이 튀었다.

고개를 들자 요후네가 이쪽을 보며 실실 웃고 있었다.

"뭐 하는 거야."

화난 목소리로 말했지만, 요후네는 물러서지 않았다.

"멍하니 있는 네 잘못이지. 자, 두 번째 간다."

"잠깐, 하지 말라니까!"

찰박, 찰박. 두 번째, 세 번째 물이 몸에 튀었다. 요후네는 정말 즐거워 보였다. 햇볕 아래에서 웃는 얼굴은 건전한 고등학생 남자애였다. 그 모습에 이끌리듯 내 마음도 설렜다.

"에이, 나도 갚아 줄 거야!!"

우리는 한동안 서로에게 물을 끼얹었다. 순식간에 둘 다 교복이 흠뻑 젖어 버렸다. 갈아입을 옷도 안 가져왔는데, 이건 너무했다.

"이렇게 다 젖어서 어쩌지."

"이건 요후네 잘못이야."

곤란한 상황 속에서도 왠지 모르게 둘의 입가에는 웃음이 번졌다. 물장난은 무승부로 끝이 났고 우리는 나란히 모래사장에 앉았다.

"후지카와 이사미를 거치지 않고 널 만나고 싶었어."

"무슨 뜻이야?"

바다를 바라보며 요후네가 입을 열었다. 쇼난의 바다는 회색에 가까운 짙푸른 색이었고 하늘과의 경계는 또렷했다.

"늘 널 만날 때면 후지카와 이사미의 집에 가거나, 후지카와 이사미를 죽이려고 화약을 구하거나, 언제나 후지카와 이사미가 우리 사이에 있었잖아. 오늘은 순수하게 나를 만나 줬으면 했어. 어떤 것도 섞지 않고 오롯이 나와 함께하는 시간을 즐겨 주길 바랐어."

이윽고 잠시 침묵이 흘렀다. 수영복 차림의 아이들이 근처에서 뛰어놀며 높은 웃음소리를 터뜨렸다.

"너는 나를 어떻게 생각해?"

그것은 짓궂은 질문이었다. 어떤 대답을 해도 거짓이

될 것 같았다.

"소중하게 생각해."

옆에 앉은 요후네의 얼굴이 일그러졌다. 조금 전의 무
난한 대답은 요후네가 바란 것이 아니었다.

"소중한 친구."

요후네는 아무 말도 하지 않았다.

한동안 우리 둘은 무릎을 끌어안고 바다를 바라봤다.
꽤 오랜 시간 동안 서로 아무 말도 하지 않았다.

배낭 안에는 지갑, 스마트폰, 티켓과 함께 화약이 장전된 실탄이 들어 있었다. 개조한 데저트 이글. 두 손으로 쥐고 그 무게를 확인했다. 일반 모델 건보다 훨씬 묵직하고 살상 능력을 지닌 무기의 중량감이 느껴졌다. 배낭 가장 밑에 조심스럽게 넣고 지퍼를 잠갔다.

별채를 나서자, 어머니가 정원의 매실나무를 손질하느라 장대 전지가위로 가지를 자르고 있었다. 뎅겅뎅겅 경쾌한 소리가 들렸다.

이런 무더운 날씨에 굳이 손질을 하느라 이마는 땀으로 흠뻑 젖어 있었다. 어머니가 스쳐 지나가는 나를 알아보고 지친 얼굴로 말을 건넸다.

"어디 가니?"

내게는 관심도 없으면서 그저 형식적으로 건네는 부모의 말이었다.

"잠깐, 친구를 만나려고."

"저녁 먹기 전에는 돌아와."

그렇게 말하고는 다시 가지치기를 시작했다. 나는 다녀온다는 인사도 없이 대문을 나섰다.

나는 이제 이곳으로 돌아오지 않을 것이다. 아버지와도, 어머니와도, 미스미와도 다시 만날 일은 없을 것이다.

전혀 외롭지 않았다. 오히려 드디어 해방된다는 기분이 들었다. 가족이라는 사슬에서 벗어나서 자유로워질 수 있다.

하나코와 만나기로 약속한 장소는 이벤트가 열리는 공연장과 가장 가까운 역이었다. 아직 입장까지 시간이 남았지만 벌써 백 나우의 팬으로 짐작되는 젊은 여자들이 여기저기 눈에 띄었다. 팬들은 가방에서 부채가 삐져나와 있거나 백 나우의 열쇠고리 굿즈를 달고 있어서 쉽게 알아볼 수 있었다.

하나코는 파란 작은 꽃무늬가 그려진 원피스를 입고 나타났다. 화사한 옷차림과 달리 표정은 뻣뻣했다.

"우리가 이제부터 모두의 웃음을 빼앗는구나."

하나코는 공연장 쪽으로 걸어가며 작게 읊조렸다.

주변에는 오래간만에 백 나우를 실제로 볼 수 있다는 기대감에 들뜬 팬들의 모습이 눈에 들어왔다.

"최악의 팬이라고 불리겠지."

"그러면 그만둘까?"

하나코가 나를 바라봤다. 눈빛에서는 어딘가 두려움이 느껴졌다.

"그만두고 싶으면 그만둬도 돼."

"……아니야."

그 말투는 결심한 것처럼 들리기도 했고, 자포자기한 것처럼 들리기도 했다.

"이제 와서 그만둘 수는 없어."

하나코는 금방이라도 눈물이 쏟아질 듯한 눈으로 말했다.

공연장에는 이미 굿즈를 사려는 팬들이 길게 줄을 서

있었다. 어디를 둘러봐도 여자들뿐이었고 남자는 나 혼자였다. 입장 시간까지 한 시간이나 남아서 자판기에서 음료를 뽑고 공연장 구석에서 쉬었다. 내 옆에는 굿즈를 구매한 또래로 짐작되는 여자애 둘이 앉았다.

"진짜 이사미가 제대로 사고를 쳤다니까. 다이가랑 다른 멤버들한테 민폐야."

그 목소리에 나도 모르게 두 여자애 쪽으로 시선이 향했다. 둘은 내가 보고 있다는 사실도 모른 채 계속 이야기를 이어갔다.

"뭐래. 너, 얼마 전까지만 해도 이사미가 최애였잖아."

"이제 아니야! 그런 폭력남을 어떻게 계속 좋아해!"

말을 내뱉고는 깔깔 웃어대는 여자애. 하나코가 어떻게 생각할지 조마조마한 마음으로 돌아보니, 분명히 들었을 텐데도 태연하게 콜라를 마시고 있었다.

"자기 드라마 방영이 중단된 건 자업자득이지만, 다이가랑 다른 멤버들한테까지 피해를 주면 안 되지."

"그러니까."

"앨범 발매도 연기됐잖아."

“그게 진짜 타격이 너무 커.”

“이사미만 백 나우에서 빠지면 된다니까. 얼굴이 엄청나게 잘생기지도 않았고, 백 나우에 꼭 필요한 멤버도 아니잖아.”

깔깔대는 악의 어린 웃음소리가 울렸다. 하나코는 여전히 아무것도 들리지 않는 듯한 표정이었다.

하나코, 너는 지금도 후지카와 이사미를 좋아해?

내가 그냥 친구라면 후지카와 이사미는 네게 어떤 존재야?

그렇게 묻고 싶었지만, 그런 무서운 질문을 할 수 있을 리 없었다.

이윽고 입장 시간이 되자 좌석 위치별로 나뉘어 공연장 안으로 입장하기 시작했다. 우리는 2층 무대와 가까운 자리라 입장 순서는 꽤 나중이었다.

공연장을 가득 채운 젊은 여자들의 모습은 그야말로 장관이었다. 사람이 워낙 많아 넓은 공연장이 작아 보일 지경이었다.

곁에 있던 하나코가 조용히 입을 열었다.

"이사미는 이렇게 많은 사람들의 마음을 흔들 수 있는 사람이구나."

그 말은 조금 전에 내 마음속에 피어난 의문에 대한 답처럼 느껴졌다.

"역시 이사미는 대단한 사람이야."

그렇다고 맞장구를 치고 싶었지만, 입술이 떨어지지 않았다.

인정하는 순간 영원히 후지카와 이사미에게 질 것만 같았다. 이길 수 없다는 것은 이미 아는데도.

단 1밀리도 상대가 되지 않는다는 것을 알면서도 포기하고 싶지 않았다.

삑 소리와 함께 시작을 알리는 알람이 울리자, 공연장이 어두워지며 여자아이들의 소란이 잦아들었다. 다시 무대에 불이 켜지자, 환호성이 밀물처럼 공연장을 뒤덮었다.

가장 먼저 무대에 모습을 드러낸 것은 유키였다. 리더다운 당당한 모습으로 객석을 향해 손을 흔들었다. 이어서 후지와 다이가가 등장했다. 다이가가 등장하자 함성은 더욱 커졌다. 그다음에 히로히토가 나타났고 마지막으로 이사미가 모습을 드러냈다. 기자회견 때와는 달리 우주복을 본뜬 무대 의상을 입은 이사미에게서는 인기 아이돌 특유의 품격이 느껴졌다.

다섯 사람은 그대로 첫 곡을 선보였다. 음악에 맞춰 자유자재로 몸을 움직였고 힘찬 노랫소리가 시원하게 뻗어 나갔다. 무대 위에는 다채로운 색상의 조명이 빛났고 원색의 유성들이 흩어졌다. 옆에 앉은 하나코의 옆모습을 조심스럽게 확인하니 심각한 표정으로 무대를 응시하고 있었다. 그 시선은 틀림없이 후지카와 이사미를 향해 있을 것이다.

이 순간, 나는 다시 한번 결심했다.

후지카와 이사미를 죽이겠다고.

첫 곡이 끝나고 MC 순서가 이어졌다. 기자회견 때와는 달리 오늘은 1년에 한 번 개최되는 팬클럽 한정 이벤트다. 쉽게 말해 백 나우 축제 같은 날이니만큼 멤버들의 표정은 한결 밝았다.

"그나저나 요즘 매일 너무 덥네요. 홋카이도 출신인

후지는 벌써 더위를 먹었어요.”

유키가 말하자, 후지가 웃으며 말을 이었다.

“어쩔 수 없지. 올해는 10년에 한 번 있을까 말까 한 더위라고 하던데. 내일 최고 기온은 36도래!”

객석이 술렁였다. 멤버들은 웃는 얼굴로 토크를 이어 갔다.

“36도면 체온이랑 똑같네.”

“체온을 넘는 거 아니야? 난 평소 체온이 35.6도 정도 인데.”

“진짜야? 다이가, 너 평소 체온 너무 낮다. 난 36.5도는 돼.”

“네가 너무 높은 거야.”

다이가가 후지를 툭 치자 객석에서는 웃음이 터져 나 왔다. 역시 다섯 명이 함께 이야기를 나누고 있어도 이사 미는 왠지 모르게 겉돌았다. 노골적인 친목 연출은 아무 래도 어색하게 느껴졌다.

“그러면 다음은 뜨거운 여름에 딱 어울리는 곡입니 다!”

유키의 말이 끝나기 무섭게 곡의 도입부가 흘러나왔다. 나는 배낭의 지퍼를 열었다. 그 순간, 나는 하나코를 봤다. 하나코는 눈빛으로 끄덕였다.

며칠 전부터 조용히 주고받았던 우리 둘만의 비밀스러운 약속.

두 번째 곡에서 죽이자.

무대에 시선을 고정한 주변 여자아이들은 내 움직임을 전혀 눈치채지 못했다. 나는 데저트 이글을 쥐고 후지카와 이사미를 조준했다.

쾅, 하는 폭음이 터져 나오며 화약 냄새가 주변에 퍼져 나갔다.

후지카와 이사미는 쓰러지지 않았다. 탄환은 빗나갔다.

무대 위에서는 춤이 멈췄다. 곡은 흐르고 있었지만, 아무도 춤을 추지 않았다. 다섯 명은 모두 놀란 채 무슨 일이 벌어졌는지 이해하지 못한 모습이었다. 후지카와 이사미는 영문을 알 수 없다는 표정으로 푹 파인 무대 바닥을 내려다보았다.

이번에는 빗나가지 않을 것이다. 꼼짝하지 않는 후지

카와 이사미는 노리기 쉬웠다.

다시 한 발을 발사했다. 방아쇠를 당긴 순간, 후지카와 이사미의 어깨가 붉게 물들었다. 까악, 하는 소리와 함께 수많은 비명이 공기를 갈랐다. 누군가가 이사미가 총에 맞았다고 외쳤다. 다이가와 후지는 허둥지둥 무대 뒤편으로 달아났다.

어깨로는 부족하다. 치명상을 입혀야 한다.

다음 방아쇠를 당김과 동시에 히로히토가 후지카와 이사미 위로 몸을 던졌다.

히로히토의 머리통이 반쯤 날아갔다.

여기저기서 다시 찢어질 듯한 비명이 터져 나왔다. 이미 짐을 챙겨 출구로 달려가는 여자아이도 있었다. 나는 무대를 똑바로 응시했다. 후지카와 이사미는 아직 살아 있었다.

"히로히토!"

절친한 친구를 끌어안고 외치는 후지카와 이사미를 향해 나는 다시 한 발을 쏘았다. 탄환은 배에 명중했고, 후지카와 이사미는 힘없이 옆으로 쓰러졌다.

"이게 뭐야. 연출이야?"

이런 상황인데도 근처에서는 태평한 목소리가 들렸다. 아직 아무도 내가 총을 쏜 범인이라는 사실을 알아차리지 못했다.

하나코가 나를 바라봤다. 그 얼굴은 내가 지금까지 본 그 어떤 하나코보다 아름다웠고 자애로움으로 가득했다. 잘했어, 요후네. 금방이라도 입술을 움직여서 그렇게 말해 줄 것만 같았다.

나는 하나코를 향해 총구를 겨눴다. 하나코가 눈을 크게 떴다.

탕 소리가 울리고 위를 바라보며 쓰러지는 하나코가 서서히 멀어졌다. 또다시 비명이 터졌다.

이걸로 끝이다.

전부 끝났다.

더 이상 미련은 없다.

나는 미소를 지으며 총구를 입안에 넣고 망설임 없이 방아쇠를 당겼다.

후지카와 이사미

물엿처럼 끈적이는 무겁고 미지근한 진흙 속을 걸었다. 진흙이 발에 들러붙어 불쾌한 감촉이 전해졌다. 게다가 아무리 걸어도 눈앞은 짙은 안개에 가로막혀 있었다. 나는 언제까지 이러고 있어야 할까. 이 진흙은 어디까지 이어질까. 몇 시간이고, 몇십 시간이고, 며칠이고 쉬지 않고 걸었다. 그러다 문득, 시야가 탁 트이며 발밑의 진흙이 사라졌다.

그곳은 강가였다. 발치에는 싱그러운 풀이 돋아나 있었고 물 내음이 가득했다. 둑 아래에는 은빛으로 빛나는 물결이 일렁였고 기온도 초여름처럼 쾌적했다. 순식간에 발걸음이 가벼워진 나는 계속 걸었다. 어디로 향하는지,

이 길의 끝에 무엇이 기다리는지는 알 수 없었지만, 그저 걷고 또 걸었다.

이윽고 저 멀리 점 하나가 눈에 들어왔다. 그것이 사람임을 깨달은 순간, 나는 단번에 정체를 알아챘다.

"히로히토."

이름을 부르자 히로히토가 이쪽을 향해 손을 들었다. 온화한 미소가 그 아름다운 얼굴에 번졌다. 나는 히로히토에게 달려가 옆에 앉았다. 엉덩이 밑의 풀이 눌려 납작해졌다.

"계속 이사미를 기다렸어."

히로히토가 말했다. 이토록 다정한 히로히토의 얼굴을 보는 것은 얼마 만일까.

"하지만 함께 갈 수는 없을 것 같아. 이사미는 아직 여기에 있어야 해."

"왜?"

내가 항의하자, 히로히토의 눈빛이 흔들렸다.

"계속 같이 있자. 여기까지 오느라 얼마나 걸렸는데. 당연히 같이 있어야지."

"안 돼."

히로히토는 슬픈 얼굴로 말했다. 나는 매달리듯이 히로히토의 팔을 붙잡았다. 소녀의 팔처럼 금방이라도 부러질 듯 가느다란 팔이었다.

"도대체 왜?"

"이미 정해진 일이야."

"그걸 누가 정했는데."

"내가 정한 게 아니야."

그때 두웅, 하고 울리는 희미한 소리가 들렸다.

수면 위로 하얀 점이 나타났다. 그 점은 점점 가까이 다가왔다. 이윽고 나는 그것이 한 척의 배라는 사실을 알아차렸다.

"자, 이제 나는 가야 해."

히로히토는 부드럽게 내 팔을 뿌리치며 자리에서 일어섰다.

"기다려, 히로히토."

손을 뻗은 순간, 히로히토의 얼굴이 갑자기 멀어졌다. 히로히토는 끝까지 미소를 짓고 있었다.

눈을 떴을 때 가장 먼저 보인 것은 하얀 천장이었다.

낯선 하얀 천장, 온몸을 뒤덮는 무력감. 배는 쿡쿡 쑤시고 몸에는 여러 개의 튜브가 연결되어 있었다. 아무래도 나는 침대에 누워 있는 모양이었다.

상황을 파악하지 못하고 혼란스러워하는 사이, 하얀 개인 병실의 문이 열렸다. 모습을 드러낸 사람은 구시카와였다. 그는 나를 보자마자 눈을 크게 떴다.

"정신이 들었구나."

구시카와는 그렇게 말하며 내 손을 꼭 붙잡았다. 그리고 엉엉 울기 시작했다. 나는 울고 있는 구시카와를 보며 모든 것을 떠올렸다. 무대 위에서 총에 맞아 쓰러진 일도, 눈앞에서 히로히토의 머리가 날아간 일도, 조금 전에 꾼 기묘한 꿈도.

"히로히토는."

그 말을 꺼내자, 구시카와의 얼굴이 굳었다. 그 표정만으로 나는 모든 것을 눈치챘다.

구시카와가 힘겹게 목소리를 짜냈다.

"히로히토는 죽었어."

이번에는 내 눈에서 눈물이 넘쳐흘렀다.

경찰의 조사는 병상에 누운 채로 진행됐다.

주치의는 아직 이르다며 반대했지만, 경찰은 한시라도 빨리 이야기를 듣고 싶어 하는 눈치였다. 구시카와가 동석한 가운데 중년의 험상궂은 형사와 젊고 마른 형사가 병실에 들어왔다.

"쓰키미야 요후네와 쇼지 하나코. 이 두 사람이 당신을 쏜 범인입니다. 아직 고등학교 1학년이에요."

그렇게 말하며 사진 두 장을 내밀었다.

중학교 졸업 앨범 사진인지 교복 차림이었다. 덥수룩한 인상의 쓰키미야 요후네와 색기와는 거리가 멀고 촌스러운 쇼지 하나코.

이런 두 사람에게 나는 총을 맞았고 히로히토는 살해당했다. 이상하게도 화는 나지 않았다. 제정신이 아닌 고등학생들의 소행에 굳이 분노할 마음은 들지 않았다.

"이 둘을 본 적이 있습니까?"

"네."

나는 맨션에서 이 아이들을 봤던 날의 이야기를 했다. 단 한 번뿐이었지만, 이 두 사람은 분명히 나를 스토킹했다. 내 이야기가 끝나자, 나이가 더 많은 형사가 입을 열었다.

"총을 쏜 사람은 쓰키미야 요후네로 모델 건 개조가 취미였다고 합니다. 쇼지 하나코는 쓰키미야 요후네에게 살인을 청부했다고 진술했지만, 사실인지는 확실하지 않습니다. 쓰키미야 요후네는 범행 직후 스스로 목숨을 끊었거든요. 쇼지 하나코는 쓰키미야 요후네가 쏜 총에 맞았지만, 기적적으로 목숨을 건졌습니다."

"동반자살이었다는 건가요?"

"그렇다고 볼 수 있지 않을까요."

형사 주제에 추측성 발언이라니. 하지만 달리 말할 방법이 없을 것이다. 총을 쏜 본인이 이미 이 세상에 없으니까.

"그런데 한 가지 더 질문이 있습니다."

형사의 표정이 바뀌었다. 중년 형사가 젊은 형사에게 눈짓했다.

"총에 맞은 뒤에 확인한 후지카와 씨의 당일 소지품에서 식칼이 나왔습니다."

피해자에게 공감하던 형사의 눈빛이 순식간에 범인을 몰아붙이는 눈빛으로 바뀌었다. 그리고 변명의 여지를 주지 않는 엄격한 어조로 나를 추궁했다.

"명백한 총검단속법 위반입니다. 그걸로 뭘 할 생각이었죠?"

꿈속에서 온화하게 웃던 히로히토의 얼굴이 떠올랐다. 그 녀석은 이미 이 세상에 없다. 그리고 나는 이제 정말로 끝이다.

죄를 숨길 필요는 어디에도 없었다.

"모두 말씀드리겠습니다."

나는 그 콘서트가 끝난 뒤 히로히토를 죽일 생각이었다고 털어놓기 시작했다.

히로히토에게 살해를 부탁받았다는 이야기를 털어놓자, 형사는 히로히토가 괴로워한 이유를 집요하게 캐물었다.

그러나 죽은 그 녀석의 치부를 드러낼 수는 없었다.

인기가 없어서 고민하고 있었다. 우울증이었다. 그렇게 대충 증언하며 상황을 무마했다. 형사는 의심스러운 표정이었지만 내 증언을 부정하지 못했다.

회복하기까지 하염없이 병실 천장만 바라보며 지냈다. 너무 오래 바라본 탓인지 천장의 얼룩이 기묘한 얼굴처럼 보이기 시작했다. 악마 같은 그 얼굴이 나를 비웃었다.

결국 죽이지도 못했네. 유일한 친구의 부탁이었는데. 이제 너는 어떻게 할 생각이야.

밤낮으로 그런 목소리가 머릿속을 쿵쿵 울렸다. 잠을 못 잔다고 주치의에게 호소하자 수면제를 처방해 줬다. 하지만 별다른 효과 없이 머리만 멍해졌다. 여전히 악마의 웃음소리가 뇌리에서 울려 퍼졌다.

눈을 뜬 지 3주 만에 퇴원했다. 병원 입구는 썩은 고기에 몰려드는 하이에나 떼처럼 취재진으로 북적였다. 발을 내딛자마자 번쩍이는 플래시가 쉴 새 없이 쏟아졌다. 하얀색 빛이 칼날처럼 보였다.

"팬 여러분께 한 말씀 부탁드립니다."

"혼다 히로히토 씨를 살해하려 했다는 게 사실인가요?"

"범인인 소녀에게 전하고 싶은 말이 있습니까?"

구시카와가 언론을 헤치며 길을 터준 덕분에 겨우 소속사 차량에 다다랐다. 이래서는 마치 연행되는 흉악범과 다름이 없었다. 차가 출발하고 뒤돌아보니 취재진은 여전히 이쪽을 향해 카메라를 들이대고 있었다.

"목숨을 건져서 다행이야."

구시카와가 말했다. 그 말이 거짓이라는 것은 금세 알아챌 수 있었다.

이 녀석은 매니저일 뿐이다. 이미지가 추락해 연예인으로서 상품 가치가 완전히 사라진 남자에게 더는 볼일이 없다.

"진정되면 사무실에서 앞으로 일에 관해 얘기하자."

작게 고개를 끄덕이자, 구시카와가 표정을 풀었다. 이정도면 소속사에서 방출되는 것도 순순히 받아들이겠지. 아마 속으로 그런 생각을 했을 것이다.

집에 도착하니 너무 오래간만이라 그리움마저 느껴졌다. 테이블 위에는 옅게 먼지가 내려앉았다. 텔레비전을 켜니 화면에 내가 비쳤다. 병원을 나와 기자 무리를 헤치고 차에 오르는 모습이 화면에 잡혔다. 눈에 띄게 여윈 모습과 짙어진 다크서클에 놀랐다. 나는 이제 스타도 뭐도 아니다.

"힘드시겠지만, 제대로 설명을 듣고 싶네요."

화면이 스튜디오로 전환되고 평론가가 그럴싸한 표정으로 말했다.

"사람이 한 명 죽었습니다. 설명할 책임이 있죠."

"가방에 식칼을 숨겨뒀다는 건 확고한 살의가 있었다는 뜻이니까요. 혼다 씨가 어떤 이유로 괴로워했고 왜 스스로 죽음을 원했는지 후지카와 씨가 제대로 세상에 전해 주시길 바랍니다."

내가 히로히토를 죽이려 했다는 사실마저도 이미 세상에 다 퍼져 있었다.

입원 중에는 언론 보도를 전혀 보지 않았기에 내 이름을 검색하려고 스마트폰을 집어 들었다가 이내 아무래도 상관없어져서 그만뒀다.

스마트폰을 침대 위에 던져두고 냉장고로 향했다. 미

리 사 둔 맥주를 들이켜니 알코올의 열기가 위장 깊숙한 곳에서 부풀어 올랐다. 두 캔, 세 캔, 연거푸 맥주를 비웠다. 모든 캔을 비울 무렵에는 자정을 훌쩍 넘겼다.

나는 몸을 일으켜 마지막 작업에 착수했다.

옷장 안에서 옷 몇 벌을 꺼내 공간을 확보했다. 식칼과 함께 준비한 밧줄을 높은 곳에 늘어뜨리고 끄트머리에 고리를 만들었다. 그리고 가져온 의자에 올라서서 목에 고리를 걸었다.

문득 히로히토의 얼굴이 머릿속에 떠올랐다.

늘 내 푸념을 싫은 내색 없이 들어주며 함께 술을 마셔 준 히로히토. 나를 감싸고 눈앞에서 머리가 터져 버린 히로히토. 꿈속에 작별 인사를 하러 와서 미소 짓던 히로히토.

숱하게 우리가 사귄다고 놀림을 받았지만, 어쩌면 전부 거짓은 아니었을지도 모른다.

나는 네가 없으면 살아갈 수조차 없으니까.

"이사미, 이 바보야."

히로히토의 목소리가 들린 것 같았다.

그래, 나는 바보야.

그렇게 대답하며 발로 의자를 걷어찼다.

에필로그

수많은 여성 팬들이 6년 전과 같은 공연장 입구를 향해 걷고 있었다.

엄숙한 표정으로 부채 대신 꽃다발을 든 이들이 많았다. 친구와 함께 온 이들도 있었으나 큰소리로 수다를 떨지는 않았다. 조용히 발걸음을 옮기는 모습은 마치 거대한 장례 행렬 같았다.

공연장 앞에는 굿즈 판매 코너 대신 헌화대가 마련되어 있었다. 백합, 카네이션, 해바라기, 안개꽃. 알록달록한 꽃들이 산처럼 쌓여 향기에 숨 막힐 듯했다.

헌화한 여자아이들은 저마다 몇 분씩 그 자리에 서서 두 손을 모았다. 그중에는 울음을 터뜨리는 이도 있었다.

나는 헌화대 구석에 작은 파란색 꽃다발을 올려두고 조심스레 손을 모은 뒤 뒤돌아섰다.

걸음을 옮기다 꽃다발을 든 사람과 눈이 마주쳤다.

사건 이후 미성년이었던 내 이름과 얼굴은 공식적으로 보도되지 않았으나 인터넷에는 모든 신상이 퍼졌다. 나는 도망치듯 발걸음을 재촉했다.

이사미를 죽인 범인이 뻔뻔스럽게 7주기 추모 콘서트에 나타났다는 사실은 절대로 알려져서는 안 된다.

역으로 향하는 길가에서 울먹이는 여자아이가 방송용 카메라를 응시하고 있었다. 오늘 열리는 추모 콘서트는 방송에서도 특집으로 다루는 만큼 모여든 팬들에게도 인터뷰를 진행하는 모양이었다.

"벌써 6년이나 지났는데도 아직도 어제 일 같아요. 이렇게 그때랑 같은 공연장에 오면 이사미가 아직 살아 있는 것 같아서……."

그렇게 말한 그녀는 말을 잇지 못했다.

그 모습은 과거의 내 모습과 흡사했다. 요후네를 만나기 전 홀로 오롯이 이사미만을 좋아했던 시절의 나.

"다이가는 솔로로 활약하고, 후지는 다이가와 유닛을 결성했고, 유키는 예능에서 꾸준히 활동하고 있어요. 하지만 이사미와 히로히토는 어디에도 없어요. 정말로 사라져 버렸다는 걸 실감할 때마다 슬퍼져요."

"범인에 대해서는 어떻게 생각하시나요?"

인터뷰어의 질문에 울먹이던 여자아이의 눈빛이 날카롭게 변했다.

"이사미와 히로히토를 돌려달라고 말하고 싶어요. 이사미는 자살했으니 어쩔 수 없다는 의견도 있지만 애초에 범인들이 이사미를 궁지로 몰아넣었잖아요? 눈앞에서 가장 친한 친구가 살해당했으니까. 그런데 범인 중 남자아이는 자살했고 여자아이는 소년원에 수감됐다가 이미 출소했죠……. 미성년자라는 이유로 제대로 된 처벌도 받지 않았어요. 정말로 너무 화가 나요. 그런 사람들은 살 권리 따위 없어요."

직접 살해하지는 않았지만, 나는 살인을 의뢰한 죄로 소년원에 송치됐다.

학교와는 완전히 다른 곳에서 요후네가 없는 생활이
시작됐다.

가끔 면회를 오던 엄마는 가차 없이 나를 몰아세웠다.

"너 때문에 내 인생이 엉망이 됐어! 네 얼굴과 이름이
인터넷에 다 퍼지는 바람에 가게 손님도 끊기고…… 결
국 문을 닫게 됐잖아!"

엄마는 내가 살인범이 되었는데도 나를 대하는 태도
를 전혀 바꾸지 않았다. 가해자 가족이라는 이유로 자신
에게 튀는 불똥을 피할 생각만 했다.

"대체 어쩌다 이렇게 된 거니."

한탄하듯 말하며 나를 탓하는 엄마는 마치 쓰레기를
보듯 한 눈으로 나를 봤다.

"어릴 때부터 학원도 보내고 용돈도 충분히 줬잖아.
엄마 나름대로 네게 해 줄 수 있는 건 다 해 줬어. 그런데
왜 이런 말도 안 되는 사건을 일으켰니?! 어쩌다 이렇게
불효녀가 된 거야!"

"그러면 부모 노릇을 그만두면 되잖아."

소름 끼칠 만큼 차가운 목소리가 입 밖으로 나왔다. 엄

마가 눈을 크게 떴다.

"난 당신 같은 부모 필요 없어."

늘 그렇게 말하고 싶었다. 조금만 더 일찍 완전히 밀어 냈더라면 좋았을 텐데. 같은 집에서 살았지만, 단 한 번도 이 사람에게서 가족의 애정을 느끼지 못했다. 이미 오래 전에 나와 엄마의 관계는 망가져 있었다.

"나야말로 너 같은 딸 필요 없어!"

엄마는 분노에 차서 소리쳤다.

"살인범 딸 따위는 내가 먼저 연을 끊을 거야!"

그 말대로 엄마는 두 번 다시 면회를 오지 않았다. 몇 달 후, 면회를 온 아빠로부터 이혼 소식을 들었다.

소년원에서 나온 나는 아빠와 같이 살기 시작했다.

아빠는 이혼 후 집을 정리하고 간토 지방 북쪽에 있는 고향에서 근무 중이었다. 나도 같은 동네에 일자리를 구했다. 다행히 아줌마들만 있는 직장이라 젊은 사람이 없어서 내가 범죄자라는 사실은 들키지 않았다.

아침 일찍 일어나 아빠와 함께 아침을 먹고, 밤에 돌아와 아빠를 위해 차린 저녁을 함께 먹은 뒤 일찍 잠자리에 들었다. 마치 틀로 찍은 듯한 단조롭고 변함이 없는 날들이 이어졌다.

때때로 발작처럼 요후네가 떠올랐다.

요후네는 왜 그때 이사미뿐만 아니라 내게도 총을 쐈을까. 그리고 왜 그 후에 스스로 총을 쏴서 죽어 버렸을까.

요후네의 행동은 일종의 동반자살이었다. 그토록 오랜 시간을 함께했음에도 나는 끝내 요후네의 자살 충동을 알아차리지 못했다.

사람이 자살을 택할 때는 다양한 요인이 작용한다고 생각한다. 괴로운 일이 있었을 때, 궁지에 몰렸을 때. 혹은 이사미처럼 모든 희망을 잃어버렸을 때.

요후네는 그중에 어디에 해당했을까.

추모 콘서트가 개최되는 공연장을 떠나 요후네가 잠든 묘지로 향했다.

이미 여름 해는 서쪽으로 뉘엿뉘엿 기울어 환상적인 붉은 노을이 주변을 감쌌다.

요후네의 묘는 묘지 끝자락에 있다.

유독 작은 묘비는 까탈스러워 보였던 요후네의 아버지가 일부러 가장 작은 것을 택했음을 짐작하게 했다.

바가지로 물을 뿌리고 준비한 국화꽃을 꽂은 다음 향을 피웠다. 눈을 감으니 요후네와 함께 거닐었던 에노시마의 바다가 눈앞에 아른거렸다.

하늘에서 내려오던 솔개의 울음소리, 머리칼을 스치던 바닷바람, 둘이 물을 끼얹으며 장난치던 바닷가.

이상하게도 그때의 요후네 얼굴은 안개가 낀 것처럼 흐릿해서 잘 떠올릴 수 없다.

"왜 나를 쐈어?"

입술 사이로 목소리가 새어 나왔다. 향에서 피어오르는 하얀 연기가 흔들렸다. 나는 계속해서 혼잣말을 이어 갔다.

"대체 왜…… 요후네."

요후네는 대답하지 않았다. 여기에 있는 것은 뼈뿐이고 요후네의 영혼은 더 멀리 다른 곳에 있기 때문이다.

나는 손수건에 싸 두었던 멧비둘기 깃털을 가방에서 꺼냈다. 요후네와 함께 총을 쐈을 때 받고는 줄곧 치마

주머니에 넣어 둔 것이었다. 나중에 발견했을 때도 차마 버리지 못했다.

섬뜩할 만큼 아름다운 작은 깃털을 국화 옆에 올려놓았다.

"미안해. 나 혼자만 살아남아서."

이윽고 혼잣말을 멈춘 나는 쭈그리고 있던 다리를 펴고 자리에서 일어났다. 걸음을 옮기자, 여름의 끝을 알리는 서늘한 바람이 뺨을 스쳤다.

묘지를 벗어나 골목길로 들어서니 두 명의 여고생이 걸어가는 모습이 보였다. 도쿄 변두리라는 사실이 믿기지 않을 정도로 세련된 차림에 놀랐다. 이질적일 만큼 눈부신 웃음이 톡톡 튀었다.

"이거 봐. 진짜 멋있지? 아직 그렇게 유명하지는 않은데 내 인생 최애가 될 것 같아! 아침까지 노래를 듣느라 오늘 완전 수면 부족이야!"

"진짜네. 엄청 멋있다! 이 그룹, 이름이 뭐야?"

스마트폰을 들여다보며 떠드는 두 사람의 모습에 예전의 나와 요후네의 모습을 겹쳐 보였다. 어느새 눈시울이 뜨거워졌다.

나는 두 번 다시 누구도 좋아할 수 없을 것이다.

나는 두 번 다시 누구도 좋아할 수 없을 것이다.

내가 최애를 죽이기까지

1판 1쇄 인쇄 2026년 4월 10일
1판 1쇄 발행 2026년 4월 24일

지은이 사쿠라이 치히메
옮긴이 김지혜

발행인 황민호
본부장 박정훈
책임편집 윤혜림
기획편집 김선림 최경민
마케팅 이승아
국제판권 이주은 장희정
제작 최택순 성시원

발행처 대원씨아이㈜
주소 서울특별시 용산구 한강대로15길 9-12
전화 (02)2071-2094
팩스 (02)749-2105
등록 제3-563호
등록일자 1992년 5월 11일

www.dwci.co.kr

ISBN 979-11-423-4887-7 (03830)